Corazones divididos

Sarah M. Anderson

Editado por Harlequin Ibérica.
Una división de HarperCollins Ibérica, S.A.
Núñez de Balboa, 56
28001 Madrid

© 2013 Sarah M. Anderson
© 2016 Harlequin Ibérica, una división de HarperCollins Ibérica, S.A.
Corazones divididos, n.º 131 - 20.7.16
Título original: Straddling the Line
Publicada originalmente por Harlequin Enterprises, Ltd.

I.S.B.N.: 978-84-687-8273-7
Depósito legal: M-13463-2016
Impresión en CPI (Barcelona)
Fecha impresion para Argentina: 16.1.17
Distribuidor exclusivo para España: LOGISTA
Distribuidores para México: CODIPLYRSA y Despacho Flores
Distribuidores para Argentina: Interior, DGP, S.A. Alvarado 2118.
Cap. Fed./Buenos Aires y Gran Buenos Aires, VACCARO HNOS.

Capítulo Uno

Josey respiró hondo, enderezó la espalda y abrió la puerta de Crazy Horse Choppers. Sabía que era una estupidez pedir donativos para educación en una tienda de motocicletas, por muy exclusiva que fuera la tienda.

La sala de espera olía a cuero y a aceite de motor. Había dos sillas de cuero negro y una mesita baja con una colección de manillares de moto retorcidos para formar la base. Una pared estaba cubierta con fotos autografiadas de su presa, Robert Bolton, con distintos famosos. Una pared de cristal separaba la habitación del taller donde trabajaban varios empleados corpulentos y de aspecto poco amistoso.

Una mujer de gesto duro y pelo rubio con tatuajes por toda la cara y más *piercings* de los que Josey podía contar le gritó si podía ayudarla por encima de la música a todo volumen de Metallica.

La recepcionista estaba sentada tras un reluciente mostrador negro que parecía de granito. En la pared detrás de ella colgaba un collage de chaquetas de cuero con el blasón de Crazy Horse.

Un segundo después, la música se acalló y fue reemplazada por el sonido de las herramientas cortando metal en el taller. La recepcionista hizo una mueca. Josey, de inmediato, cambió de opinión sobre la otra mujer. Si ella tuviera que escuchar ese ruido todo el día, también recurriría a la música heavy a todo volumen para no oírlo.

Según se leía en el nombre que tenía bordado en la chaqueta, se llamaba Cass. En ese momento, se inclinó sobre un intercomunicador para hablar.

—Tu cita de las nueve y media está aquí.

—¿Mi qué? —preguntó una voz al otro lado del interfono. Sonaba distante y distraída, pero profunda.

¿Acaso había olvidado Robert que había quedado con ella?, se preguntó Josey. Le había enviado un correo electrónico para recordárselo la noche anterior. Su sensación de estar en el sitio equivocado no hizo más que crecer. Tragó saliva.

Cass le lanzó una mirada casi de disculpa.

—Bueno, es la cita de las nueve y media de Bobby. Pero él está en Los Ángeles, ¿recuerdas?

Un momento, se dijo Josey. ¿Quién estaba en Los Ángeles? ¿Con quién estaba hablando Cass?

Los nervios le encogieron el estómago. Estaba empezando a sentir náuseas.

Había creído estar preparada. Se había pasado semanas investigando a Robert en Internet. Había tomado notas detalladas de las redes sociales para saber con quién se veía y por qué. Conocía su comida favorita, hamburguesa con queso; sabía dónde se compraba la ropa y con qué actrices lo habían sorprendido besándose en los últimos meses.

4

Todo lo que ella había preparado, desde el vestido largo de lana negro que llevaba puesto, se había basado en el hecho de que Robert Bolton era un hombre de negocios egocéntrico y ambicioso que había lanzado a la fama su pequeña marca de motocicletas. Diablos, sabía más sobre ese tipo de lo que sabía sobre su propio padre, se dijo para sus adentros.

Pero nada de eso importaba en ese momento. No estaba preparada en absoluto. Más que nada en el mundo, Josey odiaba no estar preparada. Era algo que solo podía conducirle al fracaso.

No había estado preparada para que Matt la rechazara hacía dos años. Ella había empezado a hacer planes de futuro, pero él había preferido no contrariar a su familia. La había acusado de no encajar. Como era una india lakota, no había encajado en su mundo, eso era. Y, como hombre blanco, él no había tenido intención de adaptarse al de ella.

La voz al otro lado del intercomunicador la sacó de sus pensamientos.

–Sé que Bobby está en California. ¿Es un comprador o un proveedor?

–Ninguno de los dos.

–¿Entonces por qué me molestas? –protestó la voz, y cortó la comunicación.

–Lo siento –dijo Cass, mirando a Josey–. No puedo ayudarte.

La respuesta dio de lleno en el punto débil de Josey. Si había algo que tenía claro, era que no estaba dispuesta a dejar que la ignoraran. De su madre, había aprendido que una mujer lakota silenciosa era una mujer lakota olvidada. Porque eso era ella. Una mujer lakota.

Había intentado no serlo y lo único que había logrado había sido que le rompieran el corazón. Después de que su relación con Matt hubiera terminado, había dejado su trabajo como captadora de fondos para un hospital en Nueva York y había regresado a su casa, a su tribu y con su madre. Había sido un tonta al pensar que la recibirían con los brazos abiertos, porque eso tampoco había sucedido.

Así que allí estaba, haciendo todo lo posible para demostrar que era digna de pertenecer a la tribu, buscando fondos para construir una escuela en la reserva. Pero construir una escuela era caro, igual que equiparla de todo lo necesario. Por eso, alguien tenía que recibirla. Preparada o no, no dejaría que la echaran tan fácilmente.

—Claro que sí. Tú eres la que manda aquí, ¿verdad?

Cass sonrió, aunque sin mirarla.

—Ya lo creo que sí. ¡Esos chicos estarían perdidos sin mí!

Josey se tomó unos segundos para idear una estrategia de ataque.

—No eres lo bastante mayor como para tener hijos en edad escolar...

Cass levantó la vista con una sonrisa complacida. Podía tener treinta y cinco años, o cincuenta y cinco; no había forma de adivinarlo con todos esos tatuajes. Pero los halagos podían lograr milagros… si se sabían utilizar. Y Josey sabía hacerlo bien.

—Estoy buscando material para un programa de tecnología en una escuela nueva y pensé que una tienda de motos era el lugar perfecto para empezar.

Había empezado con los grades fabricantes, luego había recorrido los negocios de hostelería y los talleres de reparaciones, incluso las empresas de reformas. Y no había conseguido nada.

Bueno, había logrado que un millonario de veintidós años donara unos cuantos ordenadores, que un chef famoso de un programa de televisión cediera algunos equipos de cocina y que una tienda de muebles cediera las mesas y sillas de comedor de la temporada pasada para servir como escritorios. Después de llamar a muchas puertas, había decidido intentarlo allí, a pesar de las protestas del equipo directivo de la escuela, liderado por Don Dos Águilas, que no habían querido tener nada que ver con moteros y, menos, con Bolton.

¿Qué podía perder? La escuela iba a abrir dentro de cinco semanas.

—¿Una escuela? —preguntó Cass, dubitativa.

—Si pudiera hablar con alguien…

Cass le lanzó una mirada ofendida. Claro. Ella era alguien. Josey le tendió uno de sus panfletos.

—Represento a la escuela de Pine Ridge Charter. Nos dedicamos al bienestar emocional y educativo de niños de la reserva Pine Ridge…

–De acuerdo. De acuerdo –dijo Cass, levantando las manos en gesto de rendición. Apretó de nuevo el botón del intercomunicador.

–Maldición. ¿Qué? –preguntó la voz masculina de nuevo. Ya no parecía distraído, sino furioso.

–No se quiere ir.

–¿De quién diablos estás hablando?

Cass miró a Josey de arriba abajo y esbozó una mirada un tanto maliciosa.

–La cita de las nueve y media. Dice que no se va a ninguna parte hasta que no hable con alguien.

El hombre soltó una maldición.

Vaya. ¿En qué se estaba metiendo?, se dijo Josey con el estómago encogido de nuevo.

–¿Qué problema tienes, Cassie? ¿De repente te has vuelto incapaz de echar a alguien? –gritó el hombre.

Cassie sonrió, estimulada por la provocación, y le guiñó un ojo a Josey.

–¿Por qué no bajas y la echas tú mismo?

–No tengo tiempo. Llama a Bill para que la asuste.

–Se ha ido a probar una moto con tu padre. Hoy solo estás tú –repuso Cass, mientras le hacía un gesto de victoria a Josey.

El intercomunicador dejó escapar un rugido y se apagó.

–Ben baja ahora –informó Cass, disfrutando de causarle molestias al jefe.

Quizá debería retirarse, caviló Josey. Don Dos Águilas tenía razón. Crazy Horse Choppers no había sido buena idea. Con su mejor sonrisa, le dio las gracias a Cassie por su ayuda, tratando de controlar el pánico.

Ben… ¿Benjamin Bolton? Josey no tenía ni idea. Robert Bolton era el único miembro de la familia que había saltado a las redes sociales y que salía de vez en cuando en la prensa. A excepción de una foto en grupo de todo el equipo de la empresa y de la mención de que Bruce Bolton había fundado la marca hacía cuarenta años, ella no había encontrado nada en Internet sobre el resto de la familia. No sabía nada de Ben. Debía de ser el jefe del departamento financiero y el hermano mayor de Robert.

Antes de que pudiera decidir si era mejor quedarse o irse, la puerta de cristal se abrió de golpe. Ben Bolton ocupaba todo el marco, tan visiblemente furioso que ella tuvo que hacer un esfuerzo para no perder el equilibrio.

–Qué diablos…

Entonces, cuando vio a Josey, se interrumpió y, durante un instante se quedó paralizado. A continuación, su expresión cambió. La mandíbula se le relajó y los ojos le brillaron con algo que ella prefirió interpretar como deseo.

Quizá eso era lo que a ella le hubiera gustado, porque Ben Bolton era el hombre más guapo que había visto en su vida. Se sonrojó al instante.

Él se enderezó y sacó pecho. De acuerdo. La situación podía salvarse, se dijo Josey.

–¿Señor Bolton? –dijo ella con una experimentada caída de pestañas–. Soy Josette Pluma Blanca –se presentó, tendiéndole la mano.

Él se la estrechó con una mano enorme. Fue un apretón firme, sin ser dominante. Ella se sonrojó todavía más.

–Gracias por dedicarme un poco de su tiempo. No sabe cuánto se lo agradezco.

Bolton apretó la mandíbula.

–¿Cómo puedo ayudarla, señorita Pluma Blanca?

Ella le apretó un poco la mano, lo bastante como para hacerle arquear las cejas.

–¿Podemos hablar de los detalles en otro sitio?

Él la soltó de forma abrupta.

–¿Quiere acompañarme a mi despacho? –invitó él.

Detrás, Cass soltó un sonido burlón. Bolton le lanzó una mirada de advertencia antes de volver a posar sus ojos color azul cielo en Josey. Estaba esperando su respuesta, comprendió ella tras unos instantes de perplejidad. Era algo nuevo. La mayoría de los hombres esperaban que los siguiera sin más.

–Me parece bien. No quiero seguir interrumpiendo a Cass.

Con gesto bravo, Ben se dio media vuelta y salió de la habitación. Josey agarró su maletín a toda prisa, saliendo tras él.

–Buena suerte –le dijo Cass, riendo.

Con los zapatos que llevaba, Josey tuvo que correr para mantener el paso de Ben, que subía las escaleras de dos en dos, dejando que su trasero quedara justo delante de la cara de ella. No debería mirarlo tan abiertamente, se reprendió a sí misma, pero no podía evitarlo. Era un paisaje inolvidable. Ben Bolton tenía hombros anchos, coronando un torso que, como podía adivinarse bajo su camisa gris, era muy musculoso. Un cinturón de cuero le enmarcaba la cintura. Lo mejor era bajar la vista a sus tobillos, decidió ella. Llevaba botas de vaquero negras con suela extragruesa.

Una cosa estaba clara. Ben Bolton no tenía el aspecto habitual de un jefe de departamento financiero.

Debajo de Josey, alguien le dedicó un silbido de lobo. Antes de que ella pudiera reaccionar, Bolton se giró de golpe. Su grito resonó en la escalera.

–¡Ya está bien!

Los sonidos del taller, los compresores, los golpes de martillos sobre metal, las maldiciones ocasionales de los trabajadores, bajaron de tono al instante.

Josey se puso un poco más nerviosa. Ben Bolton no estaba alardeando de su poder. Era poderoso. Su aire de autoridad casi podía tocarse. Ella era una extraña allí, pero él la había defendido sin pensarlo de todos modos.

Bolton posó los ojos en ella un momento y la vio parada de forma precaria sobre un escalón, un poco encogida. Enseguida, siguió subiendo los escalones, pero más despacio.

A Josey se le aceleró el pulso. Estaba acostumbrada a que los hombres trataran de impresionarla

11

con su dinero o sus símbolos de poder. Ese, sin embargo, no parecía preocupado en absoluto por impresionarla. Diablos, por la forma en que la esperaba con impaciencia a lo alto de la escalera, con los brazos cruzados, estaba segura de que la detestaba.

Cuando, tras subir con cautela el último peldaño con los tacones, Josey llegó arriba, él abrió una puerta de metal y esperó a que entrara en el despacho con gesto de desprecio. La sensación de estar en el lugar equivocado invadía a Josey. Pero ya no podía echarse atrás.

En cuanto la puerta se cerró, dejaron de escucharse los sonidos del taller. El silencio cayó sobre ellos como una bendición. La puerta, el escritorio y los archivadores eran de acero reluciente.

Todo en ese despacho gris, desde la silla de cuero a las paredes, delataba su rica procedencia. Al mismo tiempo, los colores le daban a la habitación un aspecto deprimentemente industrial. En una papelera de alambre, Josey vio lo que parecían los restos del intercomunicador. ¿Lo había arrancado él de la pared? ¿Por su culpa?

No era de extrañar que Bolton estuviera de tan mal humor. Si ella tuviera que trabajar en ese despacho, se tiraría por la ventana.

Bolton le hizo una seña para que sentara en una silla, también de metal. Él se sentó y le clavó de nuevo una mirada seductora y peligrosa, al mismo tiempo que golpeteaba un bolígrafo contra la mesa.

—¿Qué quieres?

Sí, estaba enfadado, pensó ella. Como no tenía plan B, decidió seguir con el plan original.

–Señor Bolton…

–Ben.

Eso estaba mejor, se dijo ella.

–Ben… ¿dónde fuiste al colegio?

Robert había ido a una escuela de élite en las afueras de Rapid City, a unos veinte kilómetros de allí. Era muy probable que Ben también.

–¿Qué?

Confusión. Bien. Si se sacaba al oponente de su terreno, era más fácil reconducirlo en la dirección adecuada, se dijo ella.

–Seguro que fuiste el primero de tu clase. ¿Y jugabas en el equipo de béisbol? Tienes pinta de delantero –comentó ella, sacando su mejor sonrisa. Posó los ojos de nuevo en sus hombros. Cielos. Si Ben Bolton no la intimidara tanto, le resultaría muy atractivo. ¿Qué tal le sentaría una oficina de otro color? Seguro que estaba guapísimo montando en moto. Sin duda, debía de montar en moto.

Los halagos solían abrirle todas las puertas a Josey. Pero no con ese hombre. Ben afiló la mirada con desconfianza.

–Fui a la escuela cerca de aquí. Sí, jugaba al béisbol. ¿Y qué?

Josey fue capaz de tragar saliva sin dejar de sonreír. El sonido del repiqueteo del bolígrafo sobre la mesa se hizo más rápido y alto.

–Seguro que tu colegio tenía ordenadores en todas las clases, ¿verdad? –continuó ella y, sin darle tiempo a responder, añadió–: Y libros de texto nuevos cada año, cascos para el equipo de béisbol y profesores que entendían la materia que enseñaban, ¿a que sí?

El bolígrafo dejó de repiquetear. Aunque Ben no dejó de mirarla. Josey se quedó en silencio. No permitiría que él adivinara que la intimidaba. Con la barbilla levantada y la espada recta, le mantuvo la mirada y esperó.

Ben tenía el pelo moreno. Unas pocas canas asomaban a sus sienes. Tenía el ceño fruncido todo el tiempo.

¿No se divertía nunca?

Sin duda, no debía de divertirse mucho entre esas paredes de acero, caviló ella.

–¿Qué quieres?

No era una pregunta. Era una orden. Directa y sencilla.

No podía perder ni un minuto más en preparar el terreno, comprendió Josey. Si no iba al grano, era más que probable que Ben Bolton la echara de allí personalmente.

–¿Sabes que el estado de Dakota del Sur ha recortado las subvenciones a nuevos colegios?

–¿Qué? –preguntó él con incredulidad.

–Como le dije a tu hermano Robert…

–Te refieres a Bobby.

Ella sonrió ante la interrupción, luchando por controlar los nervios y por no sonrojarse de nuevo.

–Claro. Como le dije, estoy recaudando fondos para la escuela de Pine Ridge Charter –informó ella y, ante la estupefacción de su oponente, continuó–: Menos del veinte por ciento de los estudiantes de la tribu lakota terminan el instituto. En realidad, algunos puntos de la reserva están a una distancia mayor de dos horas en coche del colegio más próximo. Muchos estudiantes se pasan cuatro horas en autobús al día. Si tienen suerte, les toca uno de los colegios buenos. Si no, tienen que conformarse con los que usan libros de texto de hace veinte años, nada de ordenadores y profesores a los que les importa un bledo si los niños están vivos o muertos.

Ben esbozó una media sonrisa. Bien, si le gustaban las cosas morbosas, ella podía seguir en esa dirección, caviló Josey.

–Entre los viejos autobuses que se rompen a todas horas, la pésima educación y el incansable acoso al que se ven sometidos los niños indios, la mayoría decide dejar de estudiar. La gente espera que fracasen. El desempleo en la reserva afecta a más del ochenta por ciento. Cualquier idiota se da cuenta de que la cifra está relacionada con el nivel de educación –remarcó ella con otra caída de pestañas–. Y no creo que tú seas un idiota.

–¿Qué quieres? –repitió él, aunque en esa ocasión su pregunta no estaba tintada de exigencia, sino de cautela.

La estaba escuchando. De pronto, Josey tuvo un buen presentimiento. Ben Bolton era experto en números. Le gustaba ir al grano, y cuanto antes. Probablemente, le gustaría el sexo directo, duro y sin florituras, caviló, sin poder evitar que se le incendiaran ciertas partes de su anatomía.

Al percatarse de que su visitante se sonrojaba, Ben abrió más los ojos, sonrió y se inclinó unos milímetros hacia ella. La temperatura de la habitación subió unos cuantos grados.

Vaya. Estaba a punto de derretirse en medio de su discurso de captación de fondos, reconoció Josey para sus adentros. Ella nunca era así. Sabía diferenciar los negocios del placer. Alguna gente creía que podía comprarla si hacía un generoso donativo, pero ella nunca permitía que esa clase de intercambio prosperara.

Tomando aliento, decidió continuar. Tenía una misión. Debía dejar el placer para después. Necesitaba equipar la nueva escuela y eso era mucho más importante que procurarse una breve aventura amorosa. Además, no tenía tiempo para esas cosas. Y, menos, con un hombre blanco.

Con gesto de profesionalidad, le entregó a Ben uno de los folletos que había diseñado ella misma.

–La escuela de Pine Ridge Charter se propone dar a nuestros niños lakota una formación sólida, que les sirva para toda la vida. Según los estudios, terminar el instituto sube las posibilidades de ganar un sueldo digno en la vida adulta. Solo necesitamos tener un buen centro escolar para ellos.

Ben ojeó el folleto. Se fijó en una de las fotos en que la madre de Josey estaba contando un cuento a un puñado de niños en una reunión familiar. En otra, se veía la escuela de seis aulas que todavía no habían terminado de construir en la llanura de la reserva.

—¿Vuestros niños? —preguntó él, clavando la mirada en la mano izquierda de ella, sin alianza.

—Soy miembro de la tribu lakota siux de Pine Ridge. Mi madre será la directora del nuevo colegio. Es maestra y se ha pasado toda la vida enseñando a nuestros niños lo importante que es la buena educación… para ellos y para la tribu.

—Eso explica que tienes toda la pinta de haber terminado el instituto.

—Soy licenciada por la Universidad de Columbia —replicó ella, mirándolo fijamente—. ¿Y tú?

—Berkeley —dijo él, y dejó el folleto sobre la mesa—. ¿Cuánto?

—No mendigamos dinero —señaló ella. Sobre todo, porque sabía que no lo conseguiría, pero también era una cuestión de orgullo. Los lakota no mendigaban. Pedían las cosas amablemente—. Ofrecemos una oportunidad única de patrocinio a los negocios de la zona. A cambio de abastecimiento, les daremos publicidad gratuita en distintos medios. Nuestra web tendrá una lista detallada de los colaboradores, además de vínculos con vuestras páginas web corporativas —añadió e, inclinándose hacia delante, señaló la dirección de Internet que había al pie del folleto. Cuando levantó la vista, Ben tenía los ojos clavados en su cara… no en su escote. Pero la intensidad de su mirada le hizo sentir como si la estuviera viendo desnuda.

Despacio, Josey se volvió a apoyar en el respaldo

del asiento. Los brillantes ojos azules de su interlocutor ya no parecían furiosos, sino llenos de deseo.

–Cualquier cosa que sea donada a la escuela,
será etiquetada con información del patrocinador,
con lo que ganaréis clientes fieles al mismo tiempo
que los equipáis de las herramientas que necesitan
para poder ganar dinero suficiente para costearse
vuestros productos...

–¿Van a poner publicidad en la escuela?

No, Ben no era ningún idiota.

–Prefiero no llamarlo publicidad... sino una
muestra de agradecimiento a los patrocinadores.

–Ya –repuso él con una sonrisa.

–En cuanto a tu empresa, Crazy Horse Choppers lleva cuarenta años en el mercado y, teniendo en cuenta cómo habéis equipado los talleres
con tecnología punta, imagino que seguirá ven-
diendo motos durante cuarenta años más por lo
menos.

Ben asintió con gesto de aprecio un instante,
antes de volver al punto de partida.

–Solo te lo preguntaré una vez más. ¿Qué quieres?

–La escuela de Pine Ridge Charter está diseña-
da para que los niños no reciban solo clases teóri-
cas... –comenzó a decir ella mientras él empezaba
a golpear de nuevo el bolígrafo en la mesa–. Nuestra estrella son las clases prácticas y la formación
profesional. Con ese fin, estamos pidiendo el equipo necesario para lanzar un programa tecnológico
en distintos ámbitos.

Una seductora sonrisa le iluminó el rostro a Ben. Era el hombre más sexy que había conocido, sin duda, se dijo ella.

–Por fin. Quieres que te dé herramientas del taller gratis.

–Aunque dicho así suena raro, sí –repuso ella, poniéndose nerviosa otra vez.

Ben tomó el folleto de nuevo y lo miró pensativo, pero solo un segundo.

–No. Mira. Es obvio que eres inteligente y hermosa. Pero este negocio se mueve en unos márgenes financieros muy estrechos. No pienso regalar mis herramientas por ahí.

Una parte de Josey se sintió halagada por el piropo. La encontraba hermosa.

–¿Ni siquiera a cambio de publicidad? –preguntó ella con voz aguda.

–Ni siquiera.

Ben se quedó mirándola, curioso por comprobar si la intrépida visitante se atrevería a seguir insistiendo. Los ojos le brillaron de deseo otra vez, cuando ella se mordió el labio inferior.

–No hay nada… ¿Hay algo que pueda hacer para que cambies de idea? –rogó ella. Sin embargo, nada más pronunciar las palabras, se arrepintió. Nunca hacía esa clase de ofertas. ¿Qué diablos le pasaba?

Aunque tampoco funcionó.

–¿Consigues así tus donaciones? –inquirió él, afilando la mirada con desaprobación.

No. Josey nunca había hecho esa clase de oferta

antes. Sí, él era atractivo. También era arrogante, dominante y, seguramente, no tenía corazón. No importaba si Ben Bolton era bueno en la cama o no. Ni sobre la mesa. Ni en una de sus motos. No importaba si ella estaba deseando averiguarlo… Sin embargo, con una estúpida frase, acababa de delatarse.

Y lo peor era que la había rechazado de todos modos.

Dolida en su orgullo, estaba a punto de mandarlo al diablo cuando un gran estruendo debajo del despacho lo sacudió todo, tanto que ella tuvo que agarrarse a la silla para no caerse.

Ben se inclinó hacia delante con cara de preocupación. Levantó la mano encima del teléfono y contó hasta tres, esperando que sonara.

–¿Qué? –preguntó él al responder.

La voz al otro lado sonaba tan alta que Josey podía oírla. Ben tuvo que separarse el auricular de la oreja.

–Estoy ocupado –fue lo único que dijo él, colgando de un golpe–. Señorita Pluma Blanca… te recomiendo que vengas aquí –señaló, indicando el lugar a su lado de la mesa. Otro estruendo hizo retumbar el suelo–. Ahora mismo.

Josey se plantó a su lado en un instante, al mismo tiempo que sonaba un golpe abajo, como si una estampida de búfalos estuviera subiendo por la escalera. Ben se colocó delante de ella con gesto protector, justo cuando la puerta se abrió con tanta fuerza que parecía a punto de salirse de sus goznes.

Un hombre que más bien tenía aspecto de monstruo entró en el despacho. Era enorme, tenía un gran bigote y el rostro renegrido como el carbón. Los músculos apenas le cabían dentro de la camisa azul que hacía juego con el pañuelo que llevaba anudado a la cabeza.

–Maldición –rugió el recién llegado–. Dile a ese bastardo al que llamas hermano que le avisé de que…

Al registrar la presencia de Josey, se interrumpió un momento. Justo entonces, un hombre todavía más grande, tan cubierto de pelo en la cara que podía ser un oso, entró como un tornado a su lado.

–Ya te he dicho que no hay manera de llevar a cabo esa idea tan estúpida y…

El hombre del bigote le dio un puñetazo al que parecía un oso en el hombro y apuntó a Josey con el dedo. Sin poder evitarlo, ella se encogió detrás de Ben. Comparado con los dos energúmenos que tenía delante, él era la opción más segura.

Ben se colocó un poco más adelante de ella y puso una mano tras él para transmitirle seguridad.

–Ah, diablos.

–¿Qué tienes ahí, hijo?

Ah. Así que el hombre del bigote era Bruce Bolton, el dueño de Crazy Horse Choppers… y padre del clan. Eso significaba que el oso que había a su lado debía de ser Billy, el elemento creativo de la empresa. Tenía toda la pinta de que la prueba de conducción que habían hecho a una de sus motos nuevas no había ido bien.

A Josey no le gustó cómo el viejo Bolton la miraba, como si la estuviera desnudando con los ojos.

—Os he dicho que estoy ocupado —repitió Ben, y tomó el teléfono.

A pesar de que sonaba calmado, Josey percibió la tensión bajo la superficie.

Con todos los sitios que había en el mundo, justo se había metido en medio de una pelea entre los Bolton. Todo apuntaba a que los tres iban a liarse a puñetazos en cualquier momento.

—Cassie, por favor, escolta a nuestra invitada a su coche —ordenó él con tono helador.

Nadie se movió. Nadie dijo nada. Josey nunca había tenido tanto miedo como en ese momento.

Cass apareció por la puerta y sorteó a los dos hombres enormes.

—Bruce, la estás asustando —le reprendió la dependienta—. Ven —le dijo a Josey—. Dejemos que se peleen en privado.

Ben asintió, un pequeño movimiento que Josey interpretó como que estaba a salvo con la única otra mujer que había en el lugar. Despacio, salió de detrás del escritorio y sorteó a los dos hombres con la cabeza gacha.

—Señorita Pluma Blanca —la llamó Ben cuando ella hubo llegado a la puerta—, buena suerte.

Cass cerró la puerta.

Josey no tuvo tiempo de desearle lo mismo a él. Tuvo la sensación de que se le había acabado su porción de buena suerte para el día entero.

Capítulo Dos

Ben se aplicó a la batería con la siguiente canción, *Hot for a Teacher*, de Van Halen, perfecta para que pudiera soltar toda la adrenalina acumulada.

Las *groupies* llenaba la parte delantera del escenario. El bar Sapo Cachondo resonó con sus gritos mientras Ben tocaba su solo de batería. En ese momento, antes de que su viejo amigo Stick entrara con la guitarra eléctrica y Rex comenzara a cantar, imaginó que los Rapid City Rollers eran una verdadera banda de rock and roll y no solo una banda de *covers* de fin de semana.

Aunque, por mucho que se esforzara, Rex no podía igualar a David Lee Roth ni a Sammy Hagar, así que la ilusión que Ben se hizo de ser un batería profesional duró poco. Sí, eran populares en Dakota del Sur, pero poco más. Aun así, esa canción era su preferida y se volcó en ella. El público estaba bailando y saltando, emocionado.

Las noches de sábado eran las mejores. Eran las únicas horas a la semana en que Ben no era director de finanzas. No tenía que preocuparse por el lento ritmo de producción de Billy, ni por todo el dinero que le costaba a la compañía. No le importaba un pimiento si los bancos le negaban los préstamos que necesitaban. Podía olvidarse de las meteduras de pata de Bobby. Y, sobre todo, no tenía que pensar en su padre, que estaba decidido a echar a perder el negocio familiar solo para demostrar que su forma de hacer las cosas era la única buena. Durante una noche a la semana, no tenía que preocuparse por cómo su padre lo miraba siempre con desaprobación. Nada de eso importaba. Los sábados era el batería del grupo. Nadie más.

Le encantaba tener algo a lo que golpear una y otra vez pero, en lugar de dejar destrucción a su paso como hacía su padre, creaba algo que amaba, música. Era algo que, además, otras personas apreciaban. No era como las motos de Billy, pero era suyo y de nadie más. Con cada golpe de baqueta, descargaba todas las frustraciones de la semana.

Esa noche, algo era diferente. Rex estaba llegando a casi todos los agudos de la canción y el público estaba entusiasmado. El Sapo Cachondo era uno de sus lugares preferidos, donde tocaban una vez al mes. Sin embargo, Ben no lo estaba pasando bien. Hiciera lo que hiciera, no podía sacarse de la cabeza a la señorita Josey Pluma Blanca diciéndole si había algo que pudiera hacer para que cambiara de opinión.

Había estado soñando con su voz durante ocho días y estaba cansado. Incluso había llegado a pensar que debía haber aceptado su oferta… Así, tal vez, tras llevarla a la cama, habría podido sacársela de la cabeza.

Lo peor de todo era que no comprendía bien por qué no podía dejar de pensar en ella. Sí, era una mujer hermosa, pero el Sapo Cachondo estaba lleno de mujeres guapas esa noche. Sí, era probablemente la mujer más lista con la que había hablado en semanas, incluso, meses. Y, sí, tenía que admitir que su tono apasionado, combinado con ese atisbo de vulnerabilidad que había percibido al final, justo antes de que su familia hubiera irrumpido en el despacho, lo incendiaban sin remedio.

Pero era solo una mujer. Quizá, eso era lo que pasaba, se dijo, mientras golpeaba la batería. Tal vez había pasado demasiado tiempo desde que se había acostado con una. Diablos.

Stick y Ben cruzaron las miradas y terminaron al mismo tiempo la canción. El público aplaudió pidiendo más. Alguien tiró un sujetador al escenario, que Toadie, el bajo, levantó y ondeó victorioso.

—Volveremos después del descanso —anunció Rex, guiñándole el ojo a una rubia teñida de pecho generoso.

—¿Vienes? —le dijo Stick a Ben.

Los otros dos miembros del grupo ya habían bajado de escenario y se habían dejado tragar por las admiradoras. Aunque hacía tiempo que Ben había dejado de mezclarse con *groupies,* Stick siempre se lo preguntaba, reticente a dejarlo solo. Era un buen amigo.

—No —comenzó a decir Ben, cuando una mujer llamó su atención.

Era alta y delgada y llevaba una blusa corta de

lentejuelas blancas que relucía bajo los focos. Pero no fue eso lo que llamó su atención. No, algo en la forma en que ella lo miraba…

No. No podía ser. ¿O sí?

La mujer se volvió para hablar con otra persona, pero al instante lo miró por encima del hombro. Una cascada de pelo moreno le caía por la espada y terminaba justo al comienzo de la clase de trasero que podía volver loco a un hombre.

No había duda. Josey Pluma Blanca estaba allí.

–Sí. Creo que sí voy –le dijo Ben a su amigo. Juntos bajaron del escenario.

Alguien le tocó el trasero a Ben y unas cuantas chicas intentaron lanzarse a sus brazos, pero él las ignoró a todas. Estaba concentrado en la joven de la blusa de lentejuelas.

Quizá la había confundido, se dijo mientras se acercaba. La mujer que había ido a su despacho llevaba el pelo recogido en un moño muy elegante, igual que su vestido ajustado. La mujer que tenía a unos metros llevaba pantalones vaqueros y el pelo suelto. No podía ver bien su color, pero estaba seguro que era del mismo negro rojizo.

Al llegar a su lado, Ben la tomó del brazo y la hizo girarse. Ella intentó zafarse con tanta fuerza que tiró de él e hizo que se le cayeran las gafas de sol que siempre llevaba puestas cuando tocaba.

–¡Eh! –gritó una mujer de menor estatura, claramente una india americana, y se colocó entre los dos–. ¡Quítale las manos de encima, mamarracho!

Sin duda, era ella, caviló él, contemplándola

cara a cara. Parecía furiosa. Entonces, solo entonces, lo reconoció.

–¡Oh! –exclamó Josey, más sorprendida que otra cosa–. ¿Ben?

Ben bajó la vista a su mano. Todavía la estaba sujetando. La piel de ella era suave y cremosa. En la otra mano, tenía una botella.

–¿Qué estás haciendo aquí?

–¿Quién lo quiere saber? –inquirió la mujer más bajita con tono autoritario.

–No, Jenny… Deja que te lo explique.

–¿Explicar qué? –repuso la otra mujer, dándole un empujón a Ben en el pecho–. No puede agarrarte así, Josey.

–Jenny, este es Ben Bolton, director financiero de Crazy Horse Choppers –presentó Josey, sonrojada.

–Espera… ¿eres el tipo que no nos dio nada? –le imprecó Jenny, dando un respingo con desprecio.

A Ben comenzaba a gustarle Jenny. Tenía chispa.

Pero Josey tenía fuego. Tanto, que le estaba haciendo sudar de deseo.

–¡Jenny! Ben, esta es Jenny Wahwasuck. Es una de las maestras de nuestra nueva escuela –continuó ella, levantando la voz para poder terminar su presentación formal en aquel bar lleno de ruido.

–Y su prima, así que ten cuidado, tío listo –advirtió Jenny, cruzándose de brazos.

Aprovechando que alguien que pasaba detrás lo empujó, Ben se inclinó sobre Josey.

–Necesito hablar contigo… a solas –le susurró él al oído. De cerca, se sintió invadido por su aroma, ligero y limpio, con un toque a limón. Olía de maravilla.

Echando mano de toda su fuerza de voluntad, apartó la cabeza y se quedó atrapado por los grandes ojos negros de ella. Ya no parecía la intrépida y decidida cazadora de donaciones que había entrado en su despacho, sino una joven dulce y vulnerable.

Josey asintió.

–Ahora vuelvo –le indicó ella a su prima.

–¿Qué? ¡Nada de eso! –protestó Jenny, e intentó empujar a Ben de nuevo, aunque él no cedió ni un milímetro de espacio.

–Es por el colegio –explicó Josey.

No era cierto, pero por si la mentira podía funcionar, Ben no dudó en asentir. Jenny miró al techo con frustración.

–Si no vuelve en una pieza dentro de diez minutos…

–Solo quiero hablar con ella –aseguró Ben. Aunque era otra mentira. Quería hacer con ella cualquier cosa menos hablar.

Josey le dio la mano y esperó que la guiara entre la multitud. Él avanzó apartando a la gente a su paso, dirigiéndose al único sitio donde podían tener una conversación en aquel antro, al camerino.

Mientras iban hacia allí, Ben luchó con dos emociones contradictorias. Por un lado, estaba enfadado. El sábado era su día libre. No tenía que preocuparse porque la gente solo le pidiera y le pidiera, sin dar nada a cambio. No quería pensar tampoco en una escuela en medio de ninguna parte.

Lo otro que tenía en la cabeza era la manera en que Josey entrelazaba sus dedos con los de él, las ganas que tenía de enterrar la cabeza en su pelo y descubrir a qué sabía su piel.

La condujo al camerino y cerró la puerta, diciéndose que no debía tocarla. Sería un error y él no era la clase de tipo que cometía errores. Él se dedicaba a arreglar los errores de los demás.

Aun así, eso no explicaba por qué ella estaba acorralada entre la pared y sus brazos. Bueno, al menos, no la estaba tocando.

–¿Qué haces aquí? –quiso saber él, en voz baja. No hacía falta gritar, ya que estaba a pocos centímetros de su cara.

Josey se pasó la lengua por los labios. Eran color ciruela, como un buen vino rogando ser saboreado.

–El hijo de Jenny está en casa de su madre. Hemos quedado todas las chicas… –comenzó a decir ella, y se interrumpió, mirándolo con una caída de pestañas de sus hermosos ojos.

No iba a dejarse engañar por ese viejo truco. Por mucho que le costara, se dijo Ben.

–Le dijiste que íbamos a hablar del colegio. Ya te di mi negativa. ¿Cómo sabías que me encontrarías aquí?

–He venido a escuchar al grupo –susurró ella–. He venido por la música.

–Mentira –repuso él. No colaba.

Josey tragó saliva. Acto seguido, levantó la mano y le acarició la mejilla. No era él quien la estaba tocando, aunque era un gran error de todos modos, caviló Ben. Su contacto lo inundó de calor.

Era solo una mujer. Él necesitaba una mujer. Y ella cumplía ese requisito. Sin embargo, Ben no podía evitar pensar que, si se dejaba llevar, cometería una equivocación lamentable. Cerró los ojos.

–Te había visto tocar antes.

–Pruébalo.

–En Fat Louise, a finales de marzo, aunque no recuerdo el día. El cantante era distinto esa noche –contestó ella, posando la otra mano en la cara de él–. No era tan bueno como este, pero no estaba mal.

Bobby había tomado el micrófono ese día. Rex tenía gripe. Al parecer, Josey estaba diciendo la verdad… Entonces, Ben recordó que, esa noche, Bobby se había ido con una mujer y se había pasado semanas hablando de lo bueno que había sido el sexo con ella.

–¿Eres una *groupie*? ¿Te fuiste a casa con él después del concierto?

–Mi trabajo es recaudar fondos –repuso ella con voz cálida–. No tengo aventuras de una noche y no me acuesto con hombres a los que no conozco.

A Ben le vibró todo el cuerpo. Se habían visto dos veces. ¿Contaba eso como conocerse?

–Antes de eso, te vi en Bob´s Roadhouse –continuó ella–. Creo que fue antes del día de Acción de

Gracias. Hiciste una versión heavy de *Over the River* –añadió, y comenzó a acariciarle la mejilla.

Sí, Ben lo recordaba. Rex se había pasado toda la noche haciendo estúpidas bromas sobre el pavo de la cena.

Sin ser dueño de sus actos, sintió que inclinaba la cabeza.

–Antes de eso…

Ben la besó antes de que pudiera detenerse. Ella le dio la bienvenida con su boca. Sabía a limonada, dulce, ácida y deliciosa.

De alguna forma, sin embargo, él logró sacar fuerzas para apartarse. Debía hacerlo para no terminar teniendo sexo en el camerino de un bar con una mujer que apenas conocía.

–No lo sabía –murmuró ella con voz temblorosa–. Debería haberme dado cuenta, por la forma en que golpeteabas el bolígrafo sobre la mesa… Pero no te reconocí. Siempre llevas gafas de sol cuando tocas. No sabía que eras tú.

Ben la besó otra vez, en esa ocasión con más rudeza. Le mordisqueó el labio inferior antes de entrelazar sus lenguas. Más que nada en el mundo, quería creerla. Ansiaba creer que esa mujer hermosa e inteligente apreciaba su música y no quería nada más de él. Ni donativos, ni equipo para una nueva escuela, ni nada.

Cuando Josey lo rodeó con sus brazos, notó sus pezones endurecidos contra el pecho. El calor lo envolvió mientras ella acercaba sus caderas. Cielos, la deseaba. Y ella a él.

Ben quería creerlo. Pero no podía.

Con toda su fuerza de voluntad, se apartó. Tomó aliento, pero eso no le ayudó, porque el aire llevaba su aroma. Los pechos de ella subían y bajaban con su respiración acelerada. Él se frotó los labios con la mano, en un intento desesperado de borrar su dulzura. Había cometido un error. Y no sabía con quién estaba más furioso, si con ella o consigo mismo.

—¿Te funciona este truco?

Josey lo miró con gesto inocente y confundido.

—Eso de usar el sexo para atraparme —dijo él, furioso por haber caído en la trampa—. ¿Te ayuda a conseguir lo que quieres?

Ben se preparó para que lo abofeteara. No esperaba menos. Pero ella no le pegó. En vez de eso, su rostro se pintó de tristeza durante un instante. Y él se sintió como el mayor imbécil del mundo.

—Ya has dicho que no. Yo no estaba...

Josey bajó la vista y posó los ojos en los tatuajes de su interlocutor. Uno de ellos tenía la fecha de nacimiento y muerte de su madre. Él pensó en volver el brazo, pero eso hubiera sido peor, porque tenía un tatuaje de Moose, su perro, en el envés. Se cruzó de brazos con el ceño fruncido.

Ella no se movió.

Ben estaba furioso. Odiaba la forma en que ella parecía ver en su interior. Odiaba cómo le hacía sentir como un imbécil.

Si no empezaba a aporrear la batería pronto, acabaría dándole un puñetazo a la pared, se dijo.

Entonces, ella hizo algo todavía más extraño. Se acercó a él y tocó sus tatuajes.

–Lo siento –musitó Josey, y lo besó.

La había llamado zorra en su cara y ella lo besaba. Otra vez.

Su contacto fue suave, delicado. Contra su voluntad, él la rodeó con sus brazos. Su cuerpo era cálido y se amoldaba a la perfección contra el de él.

Algo raro sucedió entonces. De pronto, se sintió menos solo al pensar en su madre. Casi creyó que Josey Pluma Blanca entendía cómo se sentía rodeado por sus hermanos y lo difícil que era ser el responsable, lo cansado que estaba de discutir con su padre y lo mucho que le dolía no ser nunca lo bastante bueno a sus ojos. Ella lo comprendía todo y estaba dispuesta a ayudarle a llevar la carga.

Josey apartó los labios y apoyó la frente en él. Fue un gesto que le hizo sentir casi mejor que el beso. ¿Cuándo había sido la última vez que había abrazado a una mujer sin sentir que ella quería algo de él?

Josey lo abrazaba del cuello, sus cuerpos pegados. Por alguna estúpida razón, Ben supo que, para ser feliz, le bastaría con abrazarla así toda la noche, sin necesidad de tener sexo.

Pero no tuvo la oportunidad. Alguien empezó a llamar a la puerta.

–¡Benny! ¡Súbete la bragueta, deja salir a la chica y vamos a tocar!

Josey se sobresaltó y él tuvo que soltarla. Se colocó la blusa y el pelo y se pasó la lengua por los labios. ¿Podría sentir su sabor, igual que él sentía el de ella?, se preguntó Ben.

—He venido por la música. No busco ataduras.

—Nada de ataduras —repuso él. Sin embargo, su corazón se sentía como si se hubiera atado a ella irremediablemente.

La banda siguió golpeando en la puerta como si fueran a echarla abajo. Ben no quería tener una bronca con ellos, así que se preparó para abrir.

En cuanto lo hizo, Toadie, Stick y Rex irrumpieron en el camerino. Rex tenía esa risita suya que delataba una incipiente borrachera. Cuando vieron a Josey, se quedaron paralizados un momento. Toadie fue el primero en opinar.

—Vaya, qué calladito te lo tenías. ¿Es toda para ti o pensabas compartirla?

Ben sabía que eso era solo el comienzo. Pero no pensaba dejar que esos idiotas hicieran ningún comentario grosero más acerca de la señorita Pluma Blanca, fuera ella culpable o no. De ninguna manera permitiría que babearan encima de ella.

Rex le dio un empujón a Toadie y se abrió paso.

—Señora, ignore a este cretino —dijo el cantante, haciéndole una reverencia con un sombrero imaginario—. Si me permites ir al grano, ¿quieres venirte conmigo cuando termine el concierto? Está claro que Ben no es suficiente para ti. Quédate conmigo y te mostraré lo que puede hacer un hombre de verdad.

Sin pensarlo, Ben se abalanzó sobre Rex. Rex

le devolvió el empujón. Stick trató de sujetar a su viejo amigo, pero a él no le importó. Si Rex quería pelear, le daría la paliza de su vida sin dudarlo.

Pero no pudo hacerlo. En vez de apartarse para buscar refugio, Josey se interpuso entre los dos hombres. Miró al cantante de arriba abajo, meneando la cabeza con desprecio. Luego, se volvió hacia Ben y sonrió. Cielos. ¿Cómo era posible que tuviera un aspecto tan fiero y tan inocente al mismo tiempo?

–Gracias por la oferta, pero me gustan más los baterías –dijo ella, se puso de puntillas y posó un beso en los labios de Ben.

Los chicos empezaron a silbar detrás de ellos, pero a Ben le importó un pimiento. Solo quería recordar ese momento, esa sensación de que no había ningún compromiso.

Cuando ella empezó a apartarse, él la sujetó de la cintura.

–Te buscaré al final del concierto.

–¿Vais a salir al escenario o qué? –rugió el encargado del bar desde la puerta–. La cosa se está poniendo fea ahí fuera.

Con la puerta abierta, podía oírse un jaleo tremendo en el bar. Josey se zafó de sus brazos y salió, mientras Ben se quedaba embobado admirando su trasero.

Rex hizo amago de echarse a reír.

–Ni una palabra –advirtió Ben con gesto amenazador–. Ni una asquerosa palabra.

Toadie hizo gesto de taparse la boca, aunque

Rex parecía dispuesto a seguir pinchando un poco más.

—¡Salid al escenario de una maldita vez! —gritó el encargado del bar.

Bien. Para eso estaban allí... para tocar. La música era lo único con lo que Ben siempre había podido contar.

Durante el resto del espectáculo, no dejó de buscar a Josey entre el público. El sabor de sus labios lo acompañó en cada canción. De vez en cuando, creía verla, pero pronto la multitud la engullía de nuevo.

Rex se fue en cuanto terminó el concierto. Toadie se llevó su amplificador y desapareció también. Por lo general, Ben era el encargado de que todo el equipo saliera del bar de una pieza. Esa noche, no. Le lanzó una mirada a Stick y se fue a buscar a Josey. Tener sexo sin ataduras con ella debía ser maravilloso, se repetía. Quizá, además, si se acostaban, podría quitársela de la cabeza.

Pero Josey no estaba en el bar. No había señales de ella en el aparcamiento.

¿Dónde diablos se había ido?

Josey apoyó la cabeza en el volante, esperando que se le despejara la mente. Por suerte, Jenny se había ido a casa temprano, alrededor de medianoche. Así que podía pensar sin ser juzgada.

¿Hacia dónde debía ir?

Si iba a la derecha, entraría en Rapid City en

unos diez minutos y, un cuarto de hora después, llegaría al centro, donde tenía un pequeño estudio bien equipado con calefacción, televisión e Internet. Eran comodidades a las que se había acostumbrado cuando había estudiado fuera de la reserva y había vivido como una mujer blanca.

Si giraba a la derecha, dormiría hasta tarde, iría a desayunar un bollito y un café en el Apollo Café que había al lado de su casa y trabajaría un poco. Enviaría unos cuantos correos electrónicos a patrocinadores e investigaría sobre posibles nuevos donantes. La cosa sería tranquila. Calmada. Solitaria.

Sin embargo, si se iba a la izquierda, tomaría la autopista y, en cinco minutos, dejaría atrás Rapid City. Veinte minutos después, llegaría a los límites de la reserva y, cuarenta minutos más tarde, estaría en la caravana de su madre. Intentaría no hacer ruido al entrar, pero su madre se despertaría de todos modos. Diría que se alegraba de tenerla en casa, lo mismo que decía cada vez que Josey iba. No importaba si solo iba a comer, si era para todo el fin de semana o si era una visita rápida. Siempre se alegraba de verla. Luego, su madre tocaría la foto de su padre que tenía encima de la televisión y se iría de vuelta a la cama.

Si Josey iba a la izquierda, se prepararía té por la mañana y un plato de cereales. Pasaría los días siguientes trabajando en la escuela. Le dolería la espalda, su manicura se echaría a perder y tendría que enfrentarse al hecho de que la construcción no iba a estar lista para el día de la inauguración y alguno miembros de la tribu le echarían la culpa a ella. Era una opción complicada, agotadora, llena de frustración.

También se sentía frustrada en lo que a Ben se refería. Si daba media vuelta, llegaría al bar en menos de cinco minutos. Podía encontrar a Ben y retomarlo donde lo habían dejado. Cielos, no sabía que un hombre pudiera besar así y…

No. No podía volver al bar. Había hecho lo correcto al irse antes de que hubiera terminado la última canción. Ben Bolton no era arrogante, dominante y despiadado, como había creído al principio. Bueno, quizá era todas esas cosas, pero además percibía en él algo vulnerable y solitario. Algo que no encajaba a su alrededor, por mucho que él lo intentaba. Eso era algo que Josey sabía reconocer.

Podía llegar a enamorarse de él.

No podía tener una aventura. No importaba lo bien que besara. La última vez que había seguido a su corazón en vez a su cabeza, Josey había terminado hecha pedazos. Además, mucha gente en la reserva desaprobaba las relaciones interraciales. Si había luchado tanto para probar a su clan que era digna de ser una de ellos, no iba a echarlo por la borda por ningún hombre blanco, ni siquiera por Ben Bolton.

Un claxon sonó detrás de ella, sacándola de sus pensamientos.

El claxon sonó de nuevo.

Josey se fue a la izquierda.

Capítulo Tres

Ben respiró hondo. Odiaba aquella reunión trimestral con su padre. En realidad, era el informe trimestral del director financiero al director general, pero él no podía quitarse de encima la sensación de ser un niño pequeño preparándose para una reprimenda. A pesar de se había licenciado con matrícula de honor, su padre nunca se había mostrado satisfecho con él.

No debía ponerse nervioso, se dijo a sí mismo. Tal vez, la reunión saldría bien.

Ya. Y los cerdos podían volar, pensó, mientras llamaba a la puerta. Cuanto antes terminara con eso, antes podía volver a su trabajo.

—¿Papá?

—Entra.

Ben entró en el despacho de su padre y, como siempre le pasaba, se encogió al ver las montañas de papeles que el viejo tenía por todas partes.

Bruce Bolton era de los que pensaban que la tecnología era un enemigo. Bobby le había instalado un ordenador, pero su padre insistía en imprimir cada mensaje de correo electrónico que recibía y responderlo a mano.

Por muy antigua que fuera su forma de pensar,

sin embargo, Bruce Bolton era el dueño de Crazy Horse Choppers. Billy hacía las motos, Ben llevaba los libros y Bobby... bueno, algo haría Bobby. Bruce seguía siendo el único jefe e insistía en aprobar cada movimiento que hiciera la empresa.

–Informe trimestral –señaló Ben, intentando encontrar un lugar en el escritorio donde poner su capeta. Hacía mucho tiempo que había desistido de enviarle el informe por correo electrónico.

–¿Todavía estamos en positivo?

Eso era lo único que le importaba a su padre, no estar en números rojos. No le importaba cuánto ganaran, siempre y cuando no perdieran.

–Sí, todavía. Hemos vendido treinta y siete unidades, tenemos cuarenta y cinco pedidos y hemos reducido los tiempos de espera a veinte días –informó Ben. Por supuesto, había tenido que pedir algunos préstamos para subsanar el espacio entre la entrega de un pedido y su cobro. Pero esos detalles aburrían a su padre.

Esa no era forma de llevar un negocio en los tiempos actuales. Si Ben lograra que su padre avalara nuevas estrategias de inversión, tendrían capital para cubrir todos sus gastos, sin necesidad de pedir préstamos. Eso era lo que hacía falta para relanzar la empresa. Había que comprar nuevas tecnologías, contratar nuevos trabajadores y prepararse para ver los excelentes resultados.

Aunque esas cosas no interesaban a su padre.

Por desgracia, no confiaba en la Bolsa ni en los mercados financieros. Ni, tal vez, en Ben.

Aun así, intentarlo formaba parte del ritual.

–Papá, tenemos que invertir parte de los beneficios…

–Maldición, Ben. ¿Todavía crees que voy a dejar que una panda de banqueros corruptos juegue con mi dinero? –rugió su padre, dando un golpe en el escritorio que hizo que varios papeles salieran volando–. Ni hablar. Esa no es manera de llevar un negocio. Tenemos que hacer bien lo que sabemos hacer o no hacer nada en absoluto. ¡Así que deja de hablarme de eso!

–Yo sé cómo mantener la inversión a salvo –protestó Ben, tratando de no perder la profesionalidad–. Mira lo bien que me ha ido con mis inversiones. Bobby y Billy también me dejan ocuparme de sus fondos y nos va muy bien.

–Nuestro saldo es positivo. El negocio va bien –sentenció su padre–. No necesitamos nada de eso… la Bolsa es de ladrones.

Ben se negó a que la actitud negativa de su padre lo afectara.

–Se llama invertir. Todo el mundo lo hace. El negocio va bien porque Billy, Bobby y yo hemos inyectado dinero en la compañía para poder construir este edificio.

–¿Tu dinero? ¡Ja! ¡No tendrías ningún dinero si no fuera por tus hermanos! Ellos hacen cosas. ¿Qué haces tú? Sumar, restar. Pasarte todo el día con números. Podría contratar a un niño de primaria para hacer tu trabajo. Tu dinero… –comenzó a decir y soltó una carcajada–. Mi dinero sí es real. Puedo ir al banco y sacar efectivo puro y duro. ¿Dónde está el tuyo? Flotando en alguna cuenta en un lugar lejano...

Ben se quedó allí sentado, cada vez más furioso. Estaba cansado de esa discusión. No importaba lo que hiciera, ni que hubiera pagado para construir aquel moderno edificio. Nunca lograría que el viejo lo respetara igual que a sus hermanos.

—Mira, si al menos investigáramos la posibilidad de traer dinero de inversores, si alguien además de mis hermanos y yo metiera dinero en la empresa, entonces...

—¡Basta! Esta es mi empresa, por si lo has olvidado. No voy a repetírtelo. Soy yo quien toma las decisiones. Y, si te cuesta aceptarlo, entonces...

Fue una amenaza implícita. Si Ben no se doblegaba ante su padre, sería reemplazado por un niño de primaria. Aunque, si así era, su padre descubriría enseguida lo equivocado que estaba. La tentación de dimitir y dejar que el viejo aprendiera estuvo a punto de ganar la partida.

Sin embargo, justo cuando iba a hacerlo, recordó las palabras de su madre en su lecho de muerte.

—Mantén a la familia unida, Ben. Tú eres el único que puede.

Todavía podía recordar el sonido de su voz débil. Su madre había sido la única que había impedido que los cuatro hombres Bolton se hubieran matado entre sí y Ben le había prometido que no la decepcionaría.

Así que eso iba a hacer.

–Sé quién manda aquí –farfulló él. Mantendría la empresa en positivo, por muy difícil que fuera. Era la única manera de que la familia siguiera unida. Solo así podía cumplir la promesa que le había hecho a su madre.

Cuando regresó a su despacho, Ben cerró la puerta. Se sentó con la cabeza entre las manos, preguntándose durante cuánto tiempo más podría mantener el negocio a flote y la familia unida. Cada trimestre era más difícil.

Entonces, el folleto de la escuela Pine Ridge Charter captó su atención y Josey Pluma Blanca llenó su mente de golpe.

En los cuatro días que habían pasado desde que ella lo había besado, Ben se había quedado mirando el panfleto en más de una ocasión. Incluso se había metido en la página web de la escuela. Había tenido tentaciones de mandarle un correo electrónico y decirle… ¿qué? ¿Que le había gustado su idea de tener sexo sin ataduras?

Si pudiera darle algunas herramientas del taller, eso sería distinto. Sería una buena excusa para contactarla y ver si todavía había química, si de veras ella no quería ningún compromiso.

El problema era que su padre nunca consentiría que se donaran herramientas, a pesar de que algunas eran más viejas que Ben.

Justo cuando su ánimo no podía estar más sombrío, la puerta del despacho se abrió de golpe.

–¡Ben! ¡Eres mi hombre! –exclamó Bobby, irrumpiendo en la habitación.

Perplejo, Ben guardó el folleto debajo de una pila de papel. Genial. Su hermano pequeño había vuelto. Eso no podía ser buena noticia.

Bobby se dejó caer en un asiento y se aflojó la corbata. Él era el único que llevaba corbata en la empresa. Bobby era capaz de cualquier cosa con tal de resultar irritante.

–¿Qué tal mi cita de las nueve y media? He oído que era un bombón.

Ben lo ignoró. Rex y Bobby eran bastante amigos, así que el cantante del grupo debía de haberle contado lo del beso. Lo que no entendía era cómo Bobby sabía que la mujer del concierto era la misma de su cita a las nueve y media.

–No dices nada, ¿eh? Debió de dejarte impresionado. ¿Qué quería?

–Donativos. Y gracias por dejarme a mí el marrón. Estaba terminando el informe de fin de trimestre, ya lo sabes.

Bobby tuvo las agallas de mandarle callar.

–Ven conmigo a Nueva York la próxima vez.

–¿Para qué?

–Para empezar, necesitas salir más. ¿Cuándo ha sido la última vez que te has acostado con alguien?

–Eso no es asunto tuyo –repuso Ben, cada vez más furioso.

–Oh. ¿Ni siquiera con una de vuestras admiradoras? Rex dice que estaba muy buena –comentó Bobby con una risita–. Eres un machote.

–Cierra la boca y vete. A diferencia de otros, tengo trabajo que hacer.

–Ben, eso me ofende –señaló Bobby, fingiendo tristeza–. Vente conmigo dentro de unas semanas y te enseñaré en qué he estado trabajando.

–No podemos permitírnoslo –advirtió Ben, consciente de los caros gustos de su hermano.

–Muchacho, vas a quedar muy guapo ante las cámaras –indicó Bobby, imitando con las manos el objetivo de una cámara–. Guapo, interesante, rico…

¿Cámaras? Diablos. Ben tomó el último extracto del banco, el que incluía los recibos de caros hoteles en Nueva York y bares exclusivos y se lo lanzó a su hermano.

–No soy tan rico, gracias a ti.

–Eso va a cambiar, lo juro. Este trato…

–No más tratos.

–Sí –replicó Bobby con firmeza–. Ya se lo he dicho a papá.

Un insoportable dolor de cabeza se apoderó de Ben. Bobby siempre sabía cómo convencer a su padre de cualquier locura.

Ben volvió a sentirse como un niño, en las muchas ocasiones en que había peleado con su hermano Bobby sobre adónde podían ir en un viaje familiar. Él había querido ir a algún museo de ciencia, mientras su hermano había querido ir al zoo. A Billy, por lo general, le había dado igual ir a un sitio o a otro.

Su madre solía separarlos, regañar a Ben y consolar a Bobby, lloroso después de haber recibido un empujón de su hermano. Su padre solía lanzar una mirada furiosa a Ben y anunciar que irían al zoo.

Ben miró a su alrededor en el despacho. No era distinto de los pobres leones encerrados en sus jaulas, sin ninguna esperanza de escapar de esas cuatro paredes y hacer algo distinto con su vida.

Bobby sonreía, satisfecho de su victoria. ¿Por qué Ben no se acostumbrada de una vez a perder todas las batallas, incluso antes de saber que estaba librando una?

Al bajar la vista, volvió a posar los ojos en la parte inferior del folleto, donde había un mapa con indicaciones para llegar a la reserva.

Entonces, tomó una decisión. Bobby se iba de viaje cada dos por tres. Billy se iba a hacer pruebas de las motos. Él no iba a pasarse el resto de su vida haciendo números dentro de una jaula.

Era hora de dar una vuelta.

Josey se aseguró de que todo el suelo estuviera protegido por papel de periódico.

–Buen trabajo, chicas. Ahora, ¿quién quiere remover la pintura?

Las niñas la miraron sonrientes y exclamaron a coro que todas querían hacerlo.

Ella sonrió. A las niñas no les importaba que el colegio no estuviera terminado a tiempo, ni que no hubiera logrado equiparlo como se había propuesto. Ni siquiera les importaba que el hombre que había prometido donarles unos instrumentos musicales hubiera llamado para decir que se había equivocado al hacer los cálculos y que lo único que podía hacer era quedar con ella el sábado por la noche para «hablar del tema». Esa clase de ofertas le resultaba irritante, y recibía muchas.

No, a ninguna de las niñas que sujetaban las viejas brochas y ninguno de los niños que estaban serrando fuera con sierras oxidadas les importaba nada de eso. Lo único que les importaba era tener su propia escuela y ayudar a construirla.

Josey llamó a las dos niñas mayores, Livvy y Ally, para que removieran los cubos. Cuando se agachó para mostrarles cómo quitar la tapa, se le erizó el vello de los brazos. Livvy gritó como si alguien la hubiera pinchado con una aguja. El resto se quedó en silencio y la más pequeña, Kaylie, empezó a gemir.

Al levantar la vista, Josey vio que todas tenían los ojos clavados en alguien detrás de ella. Se volvió y vio a un hombre blanco con ropa de motero, pelo oscuro y ojos azules…

Ben Bolton estaba allí.

Había ido a buscarla.

La boca se le quedó seca cuando sus ojos se encontraron, llenos de deseo. Cielos, estaba muy guapo. Tenía las mejillas sonrojadas, el pelo revuelto y la mirada brillante. Y ella, sin embargo, tenía aspecto de llevar dos días sin ducharse. Se había acostado la noche anterior después de medianoche y se había levantado a las seis de la mañana. Igual, ni siquiera, se había lavado los dientes.

–¿Qué haces aquí? –preguntó ella, nerviosa como una quinceañera, y se levantó.

Él esbozó una sonrisa de medio lado.

–He venido para ver…

Kaylie gritó y escondió la cabeza en el delantal de Josey. Ben se quedó perplejo, como si acabara de darse cuenta de que había más gente en la habitación.

–He venido a ver la escuela.

En el incómodo silencio que siguió, Josey deseó saber qué decir. Por nada del mundo había podido anticipar que se lo encontraría allí.

Ben miró a su alrededor. Las niñas mayores agarraban a las pequeñas con gesto protector. Solo las más pequeñas se atrevían a mirarlo.

–Lo siento –dijo Josey, acariciándole la cabeza a Kaylie–. No están acostumbradas a… forasteros –añadió, por no decir que no estaban habituadas a ver a hombres blancos.

Ben se puso un poco colorado. Y Josey se derritió sin remedio al verlo.

–Hola, niñas –dijo él, saludando con la mano cautelosamente.

Al menos, intentaba no asustarlas, advirtió Josey. Eso le ganaba unos cuantos puntos más. Igual que la forma en que se le ajustaba la chaqueta de cuero al pecho.

–¡Eh! –gritó alguien desde el pasillo, acompañado por el estruendo de pisadas–. ¿Quién diablos eres?

Por si la situación no fuera lo bastante difícil,

Don Dos Águilas entró en la habitación. Ben tuvo la buena intuición de quitarse de en medio sin acercarse más a las niñas.

–Eh, *wasicu*, ¿qué diablos crees que estás haciendo?

Esa era, en resumen, la razón por la que Josey no debía sentirse atraída por Ben. Si se dejaba llevar por su atracción, Don acabaría tratándola igual que a él. Unas pocas niñas rieron al escuchar la palabra lakota que significaba «diablo blanco».

–Don –dijo Josey, intentando sonar calmada–, este es Ben Bolton. Ha venido para conocer la escuela –indicó, y echó una mirada de advertencia a Ben.

Él asintió.

Don ladeó la cabeza y varias articulaciones le crujieron con el movimiento.

–¿Bolton? ¿Como Bruce Bolton, el de las motos?

–Ese es mi padre –señaló Ben, y dio un paso atrás. No era que tuviera miedo. Lo que pasaba era que sabía reconocer las situaciones delicadas–. ¿Lo conoce?

Don ladeó la cabeza hacia el otro lado y algo volvió a crujirle.

–Me rompí la mano en su cara en el 87 –repuso el viejo indio, e hizo un gesto con el puño, como si no tuviera inconveniente en repetir el golpe con otro Bolton.

Así que era esa la razón por la que Don se había opuesto tan fervientemente a que fuera a Crazy

Horse Choppers desde el principio, comprendió Josey. Era algo personal... y se remontaba a veinticinco años atrás.

—¿En Sturgis? —preguntó Ben. Más que intimidado, parecía divertido. Sonreía—. ¿Es usted el que le rompió la mandíbula? Tuvo que tener la boca cerrada durante un mes después de eso. Fue el mes más tranquilo de mi vida —añadió, y dio un paso hacia Don—. Deje que le estreche la mano, señor...

Entonces, fue Don quien se sintió confuso. Se quedó mirando al hombre blanco antes de darle la mano.

—Don Dos Águilas. Soy el entrenador de la escuela.

—Un placer —repuso Ben en tono sincero. Le soltó la mano y le dio una palmadita en la espalda—. No muchos hombres se han atrevido a dejar a mi padre fuera de combate —comentó, riendo—. Aunque, si fuera tú, no me dejaría ver por el taller de motos.

—Yo tengo una Harley —informó Don, como si aquello pudiera hacer de esa interacción algo menos extraño.

Ben sonrió.

—La señorita Pluma Blanca y yo no tuvimos oportunidad de terminar nuestra conversación sobre donativos para la escuela la primera vez que nos vimos. Espero que no le importe que me haya pasado por aquí. Quería ver el colegio en vivo —indicó Ben, y se volvió hacia Josey con una radiante sonrisa.

Sonaba muy bien. Aunque sus ojos decían otra cosa. Sus ojos le gritaban que había ido hasta allí para verla a ella.

Josey se derritió un poco más.

–Sí. Una visita guiada –señaló ella, obligándose a apartar la mirada–. Quería asegurarse de que tuviéramos lo que necesitamos.

Otra mentira, pues ella estaba segura de que lo único que ambos necesitaban era un apasionado revolcón.

Don arrugó el ceño, dubitativo.

–*Wachinmayaya hwo?*

–*Tanyan naúnzinpe ló* –contestó Josey en lakota, a la pregunta de si necesitaba ayuda, le dijo a Don que lo tenía todo controlado. Era mejor así, pues con Don en escena, la situación podía ser más tensa.

–*Aswánic iglaka yo* –le advirtió Don a Ben, su forma de decirle que tuviera cuidado, al mismo tiempo que lanzaba una mirada intimidatoria al forastero.

Ben arqueó una ceja como única respuesta.

Josey se aclaró la garganta.

–Gracias, Don, pero estamos bien.

El indio le lanzó una última mirada a Ben antes de salir. Ben se limpió el sudor imaginario de la frente, mientras las niñas reían. Kaylie hasta sacó la cabeza del delantal de Josey.

–Bueno, ¿vamos a ver el cole? –sugirió él, iluminando la sala con otra de sus sonrisas.

–Sí. Eso es –contestó ella, mientras notaba cómo

él se fijaba en su blusa arrugada y manchada de pintura, en su trenza deshecha–. Bueno, esta es la sala multiusos –informó, señalando a su alrededor, después de apartar un poco la cabecita de Kaylie.

–¿Y para qué se usará?

–Cafetería y gimnasio –indicó ella, señalando las mesas que había a un lado, donativo de una vieja escuela de la ciudad que estaba renovando su comedor.

–Y como sala de música –añadió Livvy en un susurro.

–Oh, sí, gracias –dio Josey, señalando al tambor indio que había en una esquina.

–¿Qué es eso? ¿Un tambor?

Livvy dio un respingo de indignación.

–Un tambor tradicional –contestó Josey y, acercándose a él, le dijo al oído–: Lo ha hecho el padre de Livvy.

–Nunca había visto un tambor tan… alto. Impresionante –comentó él.

Livvy sonrió.

Vaya, pensó Josey. Ben había sido capaz de enfrentarse a Don y, luego, había sabido cómo calmar el orgullo herido de una niña de trece años. Incluso había convencido a Jenny de que la dejara hablar con él en medio de un bar abarrotado. Por no mencionar que había sobrevivido a los trogloditas de su padre y su hermano. Era un hombre de paz, sin duda.

La sonrisa de Ben se desvaneció y fue reemplazada por incredulidad.

–¿Solo tenéis un tambor para todos? ¿Cuántos alumnos son?

–Sesenta y tres –respondió Josey, envuelta por el olor a cuero de la ropa de él. Deseó poder estar en algún lugar alejado de la reserva, montar con él en su moto y sentir el viento y el sol en la cara. Ir allá donde nadie pudiera juzgarlos–. Hemos tenido un problema con los instrumentos. Munzinga se echó atrás en el trato que teníamos.

Con el ceño fruncido y gesto serio, Ben se acercó a su oído.

–¿Munzinga? Es un imbécil.

A pesar de que sus palabras no eran nada sensuales, sentir su aliento en el oído hizo que a Josey se le pusiera la piel de gallina.

–Me di cuenta ayer, pero gracias por la información.

Ben volvió a sonreír, despacio, con los ojos clavados en su cara.

–Bueno, entonces, esta es la sala multiusos.

–Ahora vamos al taller, un momento –indicó Josey. Dejó a Livvy a cargo de la pintura de las paredes y salió al pasillo.

Ben la siguió.

En cuanto abrió la puerta, el viento le sopló en la cara, deshaciéndole un poco más la trenza.

–Por aquí –dijo ella, saliendo fuera al otro edificio.

Los chicos estaban serrando la madera para su construcción. Cuando los vieron acercarse, se quedaron todos paralizados.

–Todavía no está construido –observó él, sorprendido.

–Las clases tienen prioridad sobre el taller.

–Imagino.

–Como la sala multiusos, este edificio servirá para varias cosas. Además de albergar las clases prácticas, lo usaremos como almacén y como garaje para el vehículo de la escuela.

–¿Por qué no me miran? –preguntó él–. ¿Tienen algún problema con la gente blanca?

¿Cómo iba a decirle Josey que la única vez que la mayoría de esos niños veía a un hombre blanco era cuando sus padres eran arrestados por drogas o ebriedad? ¿O cuanto los servicios sociales iban para llevarse a alguien de la reserva, lejos de la tribu, la única familia que tenían la mayoría de ellos? ¿Cómo podía explicarle que algunos lakota solo podían defenderse no mirando a la gente blanca, como si así pudieran fingir que no existía?

Por eso, su trabajo era hacer de intermediaria entre la tribu y los forasteros. Por eso y porque su abuelo también había sido blanco. Algunos miembros de la tribu, incluso, seguían tratándolas a su madre y a ella como bastardas en las reuniones del clan. Algunos consideraban a su abuela una traidora, porque se había enamorado de un hombre blanco. No importaba lo mucho que su abuelo le había dado a la tribu, porque siempre había sido un hombre blanco de Nueva York.

Pero no podía explicarle todo eso. Nadie podía entender lo difícil que era caminar entre dos mundos. Unos la rechazaban por ser india. Los otros la rechazaban por ser blanca. Había intentado explicárselo a alguien una vez, cuando se había enamorado. Y lo único que había conseguido a cambio había sido que la rompieran en corazón.

–No –dijo ella, después de respirar hondo–. No están acostumbrados a la gente de fuera.

Ben la observó con curiosidad, como si estuviera intentando entender el extraño mundo en que se había metido. Pero ella no estaba dispuesta a explicar nada más.

Él asintió. Lo dejaría pasar. Por el momento.

–¿Por qué usan sierras de mano?

Porque la vida era injusta, pensó Josey. Pero no iba a responder eso, no. Ella era una profesional.

–Intenté conseguir que nos donaran herramientas de construcción, pero la mayoría de los talleres tienen unos márgenes muy estrechos y no pude sacar nada.

Vaya. No había sido tan profesional, al fin y al cabo, reconoció ella para sus adentros, al ver cómo Ben se sonrojaba.

Luego, Josey le lanzó una expresiva mirada a Don. El viejo captó el mensaje y les dio instrucciones a los chicos, que empezaron a moverse de nuevo. Nadie miraba a Ben pero, al menos, no seguían paralizados como en un cuadro.

–Deberíamos dejarlos trabajar tranquilos –sugirió ella, y se volvió para entrar de nuevo en el colegio. Sin embargo, se detuvo al ver la moto–. ¿Es tuya?

–La construí yo mismo –contestó él con orgullo–. ¿Te gusta?

–Es preciosa –comentó ella. Había visto las motos que Crazy Horse Choppers fabricaba a cambio de una fortuna. Pero esa era diferente. Tenía un estilo *vintage*, líneas limpias, cuerpo plateado reluciente y manillares normales. No se parecía a las de su empresa. Pero se parecía mucho a Ben.

Al ver que él la estaba observando, Josey se aclaró la garganta.

–¿Quieres ver una clase? –invitó ella, refiriéndose a la única que estaba terminada.

Ben la acompañó.

–¿Y qué me dices de ti?

–¿Qué pasa conmigo? –preguntó ella, tensa.

–¿Tienes algún problema con la gente blanca? ¿Conmigo?

–¿Con que seas blanco? No.

Él rio.

–Pero tienes algún problema conmigo.

Maldición. ¿Por qué no medía mejor sus palabras?, se reprendió a sí misma. Sí, tenía un problema. En especial, le molestaba que se hubiera pasado por allí cuando menos lo había esperado. ¿Qué sería lo próximo? ¿Se presentaría en su casa cuando ella estuviera en la ducha?

Josey no quería admitir que lo de ser blanco formaba parte del problema. La forma en que todos habían reaccionado a la presencia de Ben dejaba claro que, incluso, pensar en besarlo sería fatal para su reputación dentro del clan. Se había esforzado mucho para que la aceptaran y no quería echarlo a perder.

Sin responder, lo guio a la clase de Jenny.

—Esta es nuestra clase de primero y segundo de primaria. ¿Recuerdas a Jenny Wahwasuck? Es su clase —informó ella, y se giró hacia él.

Ben estaba parado en la puerta. Golpeó la pared con los nudillos, encendió y apagó el interruptor de la luz y abrió y cerró la puerta.

Contemplándolo, Josey se dijo que parecía el mismo que había visto por primera vez en su tienda. Llevaba el mismo cinturón, las mismas botas, vaqueros, una camisa informal… Pero había algo distinto en él.

No supo qué era hasta que Ben clavó sus ojos en ella. Sí, era el peligro, comprendió, de perder la cabeza por él.

Entonces, Ben dio un paso dentro de la habitación, después de cerrar la puerta. El sonido de las niñas pintando en la sala contigua se oía como un murmullo.

—¿Cuántas clases hay? —preguntó él, y dio otro paso hacia Josey.

¿Eh? ¿Qué?

—Esto… cuatro clases. Para dos cursos cada una.

—¿Y cuándo abre? —inquirió él, cada vez más cerca de ella.

—Dentro de veintitrés días —dijo ella, tragando saliva por su cercanía, posando los ojos en sus piernas largas, musculosas.

—¿Quién pagará los sueldos de los profesores?

Era una conversación estrictamente de negocios. Pero el brillo de los ojos de Ben decía otra
cosa. ¿Estaba intentando seducirla?

–Mi madre y yo… tenemos un fondo fiduciario
que nos dejó mi abuelo. Nosotras pagaremos los
sueldos.

Ben esbozó un gesto de confusión, aunque eso
no le impidió seguir avanzando.

–Que sensación tan rara, ¿verdad? –comentó él,
alargó la mano y le colocó a su interlocutora un
mechón detrás de la oreja–. Es raro que alguien
que creías que no ibas a volver a ver se presente
de repente en este lugar tan aislado, ¿no? –añadió,
acariciándole el rostro con el índice.

Ella tragó saliva. La intensidad de su mirada la
tenía paralizada.

–Sí.

–Te dije que te encontraría después del concierto –le susurró él al oído, haciéndola estremecer–.
Te busqué.

No podía dejar que la besara, menos en la clase
de primaria, se dijo Josey.

–Técnicamente, esto es después del concierto.
Y ya te dije que no tengo aventuras de una noche
–señaló ella, y tragó saliva–. Tampoco me acuesto
con tipos que no conozco.

–Hmm –susurró él, rozándole la mejilla con los
labios–. Esto sería algo así como una tercera cita.
¿No cuenta como conocernos?

–No.

Ben no se dejó amedrantar por la negativa.

—¿Y si tenemos una cuarta cita? Sin ataduras.

Josey sintió cómo aquella voz viril y sensual vibraba en su interior. Él la sujetó de la espalda, pero ella no se apartó.

Sería un error, se repitió a sí misma. El beso del bar había sido un error también, pero una cosa era tontear con un extraño en un bar y otra...

Sin embargo, ¿qué importaba si era un error? Él había ido a buscarla. Era algo que nadie había hecho antes. Nadie había querido arriesgarse a ir a la reserva. Matt no había arriesgado nada por ella.

Antes de que Josey pudiera decidir qué decir, él la poseyó con su boca. Fue un beso apasionado, tórrido. Mientras sus lenguas se entrelazaban, él deslizó la mano debajo de su delantal, de su blusa, de su sujetador. Al mismo tiempo, logró posar la otra mano en sus braguitas. En un momento, se encontró desnuda, con la ropa puesta, en sus brazos. A plena luz del día. En el colegio.

A ella le temblaron las rodillas. Su parte más íntima se incendió ante su contacto. Él sonrió y gimió con satisfacción, sin dejar de besarla, sujetándola del trasero.

Cielos, estaba a punto de...

—¿Josey? ¿Dónde estás, cariño?

No hay nada como el sonido de la voz de una madre para hacer cenizas la tensión sexual. Ben se apartó de ella de golpe y dio un paso atrás.

—He traído la comida y... ¡oh!

Ben ni parpadeó. Agarró la bolsa de la compra antes de que se estrellara contra el suelo.

–Señora, deje que le ayude.

Josey se frotó la boca con la mano, como si así pudiera borrar las huellas del beso.

Su madre la miró asustada. Eso le hizo recordar a Josey lo que debía hacer.

–Mamá, este es Ben Bolton. Es el director financiero de Crazy Horse Choppers. Ben, esta es mi madre, Sandra Pluma Blanca.

–¿La directora? Encantado de conocerla –saludó Ben, y le estrechó la mano–. Su hija me ha estado hablando del gran trabajo que hacen aquí. Estoy impresionado por todo lo que han conseguido.

–Señor Bolton, es maravilloso que haya venido a visitarnos.

Josey respiró hondo. Su madre había empezado a hablar con acento neoyorquino, abandonando el lakota.

–¿Cariño? –llamó su madre.

–¿Eh? –replicó Josey, dándose cuenta de que se había perdido la conversación.

–He dicho que no quería interrumpir la visita. Señor Bolton, ha sido un placer conocerle.

–El placer es mutuo, señora –repuso él con otra de sus radiantes sonrisas, y le entregó a Sandra la bolsa. Se volvió hacia Josey–. Ahora tengo que irme. Gracias por recibirme hoy –se despidió, tendiéndole la mano–. Estamos en contacto, Josey –dijo él, mirándola con ojos brillantes.

Pero ¿a qué clase de contacto se refería?

Capítulo Cuatro

El sonido de la puerta del garaje sacó a Ben de sus pensamientos. Había regresado al taller sin darse cuenta. Durante todo el trayecto no había podido dejar de recordar el beso.

Maldición. La había besado. Otra vez. En esa ocasión, había sido diferente. La había tocado. El calor de su piel desnuda todavía le quemaba los dedos. Ella se había estremecido de deseo bajo sus caricias.

La forma en que Josey Pluma Blanca le hacía sentir iba mucho más allá de su deseo de acostarse con ella. Lo distraía. Le hacía olvidar la realidad. Si su madre no hubiera aparecido de pronto, quién sabe lo lejos que hubiera ido. O lo lejos que ella le hubiera dejado ir.

No había sido un error.

¿O sí?

—¿Qué estás haciendo aquí?

Ben levantó la vista y se encontró con su hermano Billy.

—He ido a dar una vuelta. La moto se ladea un poco a la derecha —indicó él—. Hace tiempo que no le hago un repaso.

Por lo general, Ben solía reparar su moto en su

casa. Pero lo que necesitaba en ese momento era ensuciarse las manos de aceite con Billy. Quizá, así, podría sacarse el beso de Josey de la cabeza.

Billy lo miró un momento y sonrió.

–¿Quién es ella?

Ben apretó los dientes. ¿Tan obvio era?

–Nadie –mintió él, se quitó la chaqueta y se puso un mandil para trabajar–. Solo necesito hacerle una revisión a mi moto.

–Sí, claro –repuso Billy, riendo. Pero, en vez de insistir, se volvió para continuar con la moto que estaba construyendo.

Entonces, Ben miró con curiosidad el modelo en que trabajaba su hermano. El chasis estaba preparado para albergar tres ruedas.

–No creí que hiciéramos triciclos.

–No los hacemos.

–¿Y eso que estás haciendo tú?

–Es cosa mía. No está dentro del catálogo de la tienda. Lo hago en mi tiempo libre. Y con mi propio dinero –puntualizó Billy.

Él no presionó para que su hermano le diera más explicaciones. Si no era para discutir a gritos con su padre, Billy rara vez hablaba. Lo cierto era que aquella era la conversación más larga que habían tenido sin gritarse en muchos años.

Ben se puso manos a la obra. No le importaba que todo el mundo babeara por las vistosas motos, carísimas, con complicada parafernalia y aspecto de pertenecer a un superhéroe. La suya era solo suya. La había hecho él mismo y eso era lo que más le gustaba. Sabía exactamente lo rápido que aceleraba o desaceleraba y lo rápido que podía doblar una esquina antes de perder el control. Tenía cicatrices para probarlo.

Mientras empezaba a cambiarle el aceite, volvió a dirigirse a Billy.

–¿Para quién es el triciclo?

–¿Quién es ella? –replicó Billy un par de minutos después.

–No es asunto tuyo.

–Típico.

Ben no dijo nada mientras sacaba el carburador.

–¿Qué quiere decir eso?

Silencio.

Esa era la diferencia entre hablar con Billy y hacerlo con Bobby. Bobby disparaba las palabras como balas, sin preocuparse por lo mortíferas que podían ser. Y nunca escuchaba. Las palabras para él no significaban demasiado.

Billy, sin embargo, ahorraba las palabras como si fueran monedas de oro. Podía decir tres frases en tres horas y considerarlo una conversación. Pensaba todo lo que decía y no decía nada que no pensara.

Pasaron veinte minutos hasta que Billy respondió.

–La única vez que has salido de tu pequeña cueva para ensuciarte las manos en el taller fue porque tenías problemas de faldas.

Vaya. Casi era mejor hablar con Bobby, se dijo Ben.

–Se llama despacho. Tú también tienes el tuyo. Deberías darte una vuelta por allí de vez en cuando –le espetó él, aunque todo el mundo sabía que, para Billy, su lugar de trabajo era el taller. Solo usaba el despacho como almacén y para quedarse a dormir de vez en cuando–. Sabes que vamos atrasados con los pedidos. ¿Por qué diablos estás perdiendo el tiempo en un triciclo?

Billy no estallaba en una pelea tan fácilmente, así que se limitó a hacer una mueca y siguió trabajando como si nada.

–¿Te acuerdas de Cal Horton? –preguntó Billy después de un buen rato.

–¿Horton? ¿El maestro del instituto?

–Sí –afirmó Billy, limpiándose las manos en el mandil–. Era todo lo opuesto a papá, ¿recuerdas?

Ben asintió. En el instituto, Billy se había pasado casi todo el tiempo en el taller de mecánica, impartido por el señor Holton. Si no hubiera sido por ese maestro, su hermano nunca habría aprobado el bachillerato.

–No nos obligaba a ganarnos su respeto. Te respetaba sin más –continuó Billy–. Al menos, a mí me respetaba.

El peso de treinta y dos años luchando para ganarse el respeto de su padre, de pronto, le resultó a Ben insoportable.

–Sí, te entiendo.

–Cal me ayudó unas cuantas veces, cuando yo estaba en apuros –dijo Billy con gesto serio.

Ben recordó unos cuantos líos en que se había

metido su hermano, incluso su padre había tenido que ir a sacarlo de la cárcel porque lo habían encontrado bebido en un bar de *striptease* cuando era menor de edad. Sin embargo, al ver la expresión seria de Billy, decidió no comentar nada de eso.

–¿Sí?

–Sí –repuso Billy y guardó silencio otro largo momento–. Después del once de septiembre, se alistó en el ejército y fue tres veces a Afganistán, hasta que un explosivo lo dejó fuera de combate. Por fin, los médicos le han dado permiso para montar en moto, pero su mujer no quiere que corra peligro en una *chopper*.

Sin duda, esa era la conversación más larga y más profunda que Ben había tenido con su hermano jamás. Un tipo noble y leal, su hermano.

–Él esperaba más de mí –continuó Billy–. Todo el mundo esperaba que yo fracasara, papá incluido. Pero Cal, no. Casi murió por mí, por mi país. Nunca me pidió nada. Lo menos que puedo hacer es construirle una maldita moto. Con mi propio dinero y mi tiempo. Si tienes algún problema con eso…

–No, ningún problema –se apresuró a responder Ben.

Ambos volvieron a trabajar en sus respectivas motos. Entonces, él recordó algo que Josey le había dicho, respecto a que todo el mundo esperaba que los niños de la reserva fracasaran.

Un hombre había marcado la diferencia para Billy… un hombre que no había pedido nada a cambio, pero había recibido una lealtad imborrable. Ben pensó en las pequeñas que se habían asustado al verlo en la reserva y en los chicos que no habían querido ni mirarlo. Esos niños… La gente esperaba que fracasaran en la vida. ¿Era él como la mayoría?

De pronto, recordó a la perfección el rostro de Josey. No el de la impecable mujer de negocios que había ido a verlo a su despacho, ni el de la guapa jovencita que había encontrado en el bar, sino su rostro manchado de pintura y con el pelo revuelto. Recordó cómo ella había sonreído con ternura a esos niños. Ella no esperaba que fracasaran.

Y esperaba más de él.

Todo el mundo esperaba mucho de Ben. Su padre lo consideraba un fracasado pero, al mismo tiempo, contaba con él para que mantuviera la compañía a flote. Ella no era así. No actuaba como si tuviera todas las respuestas, como si la responsabilidad del éxito o el fracaso recayera solo en él. Lo único que Josey esperaba era que fuera un hombre mejor. Y lo único que él había hecho había sido besarla.

Debía hacer las cosas mejor, se dijo a sí mismo.

—¡Billy!

—¿Qué?

—¿Tienes algunas herramientas que no utilices?

Josey tenía un creciente dolor de cabeza. Había sido un día desastroso. Recordó cómo Ben había preguntado sorprendido si solo tenían un tambor para todos los alumnos. Sí, eso era lo único que ella había sido capaz de conseguir para la clase de música.

Al menos, podía consolarse pensando que construir el taller era una verdadera clase práctica de carpintería para los chicos. Quizá, tendrían que posponer la clase de música hasta el siguiente trimestre. En ese tiempo, igual podía conseguir algún instrumento más.

Podía preguntarle a Ben, que era músico después de todo. Pero era mejor que no. Volver a pedirle algo solo difuminaría más la frontera entre negocios y placer.

Aunque eso significara no besarse más.

De un humor bastante sombrío, Josey paró el coche delante de la escuela. Había allí parado un enorme camión. Y los niños habían hecho una cadena para sacar un montón de cajas.

Josey pensó qué día era. No, no había ninguna entrega prevista para ese día. Además, no reconocía ese camión tan grande. ¿Qué diablos estaba pasando?

Livvy se acercó corriendo en cuando Josey abrió la puerta del coche.

—¡Él ha vuelto!

—¿Quién?

—¡Ese tipo! ¡Ha traído cosas! —repuso Livvy.

Algunas de las cajas eran nuevas, con herramientas como sierras eléctricas o taladradoras, y otras parecían llenas de cosas usadas.

¿Herramientas para el colegio? ¿Ese tipo? Josey estaba todavía confundida, cuando el mismo Ben Bolton salió de detrás del camión, hablando con Don Dos Águilas.

Cielos. Estaba muy guapo. Llevaba unos vaqueros oscuros que le quedaban como un guante y una camisa de cuadros, remangada. Le dijo algo a Don y el viejo asintió antes de ponerse a dar órdenes en lakota. ¿Don recibía instrucciones de Ben?

A Josey se le aceleró el pulso. Ben era un hombre que emanaba poder. Provocaba respeto allí adonde iba... incluso en el viejo Don.

Y había ido allí para ayudarla.

Livvy corrió hacia Ben y señaló a Josey antes de cargar con otra caja. Los ojos de los dos se encontraron, incendiando el ambiente. De inmediato, él comenzó a acercarse.

El sonido de un claxon sacó a Josey de su ensimismamiento. Una furgoneta había parado detrás de ella. El conductor bajó la ventanilla y asomó la cabeza.

–¿Es esta la escuela?

–¿Sí? –dijo Josey, más preguntando que afirmando, pues en ese momento no estaba segura de nada.

–¿Dónde quieres que ponga los instrumentos?

–¿Los qué?

–Los instrumentos.

Una mano se posó en la parte baja de su espalda. Una mano cálida y grande. Ella se giró, sin palabras, y se topó con Ben. Él sonreía y la estaba tocando delante de todo el mundo. Su madre incluida. ¿Cómo era posible que algo tan equivocado le pareciera lo más natural del mundo?

–Stick, me alegro de que no te hayas perdido.

–Me perdí un poco –repuso el hombre del coche, riendo–. ¿Dónde diablos estoy? –preguntó, mirando a Josey.

–Stick, esta es Josey Pluma Blanca. Josey, este es Leonard Thompson, el guitarrista de la banda.

–Ni se te ocurra llamarme Leonard –dijo el aludido con una sonrisa–. Todos me llaman Stick.

Josey estaba tan perpleja que apenas pudo asentir.

–¿Qué has traído? –preguntó Ben, asomándose a la furgoneta.

–Todo, menos un trombón. El único que tenía estaba abollado. ¿Dónde lo pongo?

Ben la miró, esperando que ella respondiera. Pero Josey se había quedado sin palabras.

–¿En la sala multiusos? –propuso Ben con un brillo en los ojos.

–Sí –logró decir ella.

–Aparca delante de las escaleras y pregunta por Sandra. Ella llamará a los chicos para que descarguen, ¿de acuerdo?

Stick asintió y se dirigió a la entrada con el coche.

¿Llamaba a su madre por su nombre de pila?, advirtió Josey.

Ben no la soltó.

–Te dije que nos mantendríamos en contacto –le

susurró él, sujetándola con el brazo por encima del hombro.

Ella se estremeció, sintiendo su aliento en el oído. Eso sí que era estar en contacto.

Al menos, ese día, Josey se había lavado los dientes. Y se había peinado. Llevaba un traje de chaqueta, muy profesional.

Y todos sus problemas por no poder encontrar equipamiento para la escuela se habían resuelto en tres minutos. Encima, con ayuda de un hombre que hacía que se derritiera.

Sin embargo, por mucho que le gustara sentir su contacto, no podían tocarse así en público. ¿Qué pasaría si la gente empezaba a sospechar cosas?

–¿No decías que operabais con márgenes muy estrechos? –consiguió decir ella, al fin.

Como respuesta, Ben rio.

–Sí, bueno, la empresa opera con márgenes muy estrechos. Mis márgenes personales son un poco más anchos.

La estaba ayudando con su propio dinero, comprendió ella. Lo había pagado todo de su propio bolsillo. Y no solo les estaba dando su dinero, sino su tiempo también, algo muy preciado para Ben Bolton.

Como si fuera lo más normal del mundo, él entrelazó sus dedos.

–Ven a ver.

Radiante, la madre de Josey estaba dirigiendo a los chicos mientras vaciaban la furgoneta. Clarinetes, trompetas, amplificadores, guitarras, una batería completa... desfilaban ante sus ojos.

Ben le soltó la mano segundos antes de que su madre los viera.

–¡Qué maravilla, cariño! –exclamó su madre, acercándose a ellos–. Señor Bolton...

–Sandra, te dije que me llamaras Ben.

Los dos sonrieron como si fueran amigos íntimos. Josey parpadeó, sin dar crédito. Su madre nunca había sonreído así a un hombre blanco. Igual de extraño era que Don recibiera instrucciones de un hombre blanco. O que un músico estuviera repartiendo instrumentos como quien repartía caramelos en Halloween.

–Por supuesto. Ben, eres la respuesta a nuestras plegarias. No podemos agradecértelo lo bastante.

–¿Sandra? –llamó Stick desde la puerta.

Cuando su madre se disculpó para atenderlo, Josey tomó a Ben del brazo para apartarlo y hablar con él en privado.

–¿Qué...? –balbució ella, y se aclaró la garganta–. ¿Qué has hecho?

Él sonrió. Cielos, qué sonrisa.

–Resulta que Munzinga prefirió no perder a un cliente importante y prefirió que no se extendiera la noticia de que había dejado en la estacada a unos niños. Y también prefirió que no le rompiera los dientes. Así que, para arreglar las cosas, se ofreció a vendernos los instrumentos a la mitad de precio.

¿Ben había amenazado a Munzinga por ella? ¿Y había comprado los instrumentos?

–Luego, algunas de las herramientas son de segunda mano, de mi hermano Billy, pero son buenas. El resto son cosas pequeñas…

–¿Pequeñas? ¡Es un camión lleno!

Él inclinó la cabeza para mirarla a los ojos.

–Sí, pequeñas. Don está de acuerdo en que son herramientas necesarias para terminar el taller de la escuela.

–¿Don está de acuerdo? ¿Contigo?

Ben siempre se las arreglaba para sorprenderla.

Ben no se había divertido tanto en su vida. Josey tenía un aspecto delicioso, con los ojos inundados de sorpresa y la boca abierta. El viento le había soltado unos mechones de la trenza. Lo único que le impedía cerrarle esos preciosos labios con un beso eran las cincuenta personas que los observaban.

Al menos ese día había logrado que lo miraran. Más de cinco mil dólares en material para la escuela eran capaces de convertir a un hombre en alguien popular.

Pero la mirada de perplejidad de Josey no tenía precio. Ni su alivio. Era como si se hubiera quitado un peso enorme de encima. Y, por alguna razón, hacerle las cosas más fáciles a ella también era un alivio para él. Se sentía como Papá Noel y esa una sensación muy satisfactoria. Aunque no tenía nada que ver con la manera en que el pulso se le aceleraba ante la mirada de ella, pintada de vulnerabilidad y deseo al mismo tiempo.

–Sí, Don estaba de acuerdo conmigo –repuso él. Quizá podía besarla en ese mismo momento. Nadie se atrevería a protestar.

–No sé cómo podemos darte las gracias –dijo ella, tragando saliva, posando los ojos en sus labios–. Cómo puedo darte las gracias.

A Ben se le ocurrían un par de ideas, para empezar.

Ella se sonrojó. El sol la iluminó, haciéndola brillar.

Maldición, estaba embobado con ella, reconoció él para sus adentros. La había encontrado atractiva la otra noche en el bar, pero eso no era nada comparado con el color de sus ojos a plena luz del día. Ansió tomarla entre sus brazos, sentir su respiración, los latidos de su corazón.

–Deja que te invite a cenar… esta noche.

Oh, sí, la deseaba. Pero quería que ella también lo deseara, se dijo Ben. No por su dinero, ni por la banda, ni por sus habilidades financieras, ni por su capacidad de mantener a su familia unida.

Ella entreabrió la boca y levantó la barbilla hacia él.

¿Qué daño podía hacerles un beso?, caviló Ben, acercando la cara.

–¡Benny! –llamó Stick, tocando el claxon detrás de él–. ¿Quieres hacer el favor de no dar mal ejemplo?

Josey se sonrojó y dio un paso atrás.

–Voy a hacerte pedazos en cuanto te coja –le dijo Ben a su amigo.

Stick rio.

–Como quieras. Bueno, yo me voy. Deberíamos contratar a esos chicos para que nos ayuden en los conciertos. Han vaciado la furgoneta en un tiempo récord –dijo el guitarrista, y miró a Josey, sin percatarse de lo avergonzada que ella estaba–. Son buenos chicos. Igual vengo algún día a darles unas clases de guitarra.

–Eso sería genial –respondió ella.

–Bueno, bueno. Eh, Benny, no te olvides del concierto de esta noche.

Maldición. El concierto. Ben acababa de invitarla a cenar y no podía cenar con ella. Josey debió de pensar lo mismo, por su mirada de decepción.

Al diablo, pensó él. La agarró del brazo y la llevó detrás de la furgoneta.

–Ven al concierto. Es un Fat Louie.

Detrás de ellos, Stick silbó. Ben le lanzó una mirada de advertencia.

–¡Ah, oye, mirad eso de ahí! ¡Un árbol! –se burló Stick, volviendo la cara para mirar al frente.

–Ven esta noche –repitió él, acorralándola contra la furgoneta. El calor de su cuerpo era tan delicioso… –. Quiero verte.

De nuevo, ella le tocó las mejillas y apoyó la frente en su cara.

–No puedo –murmuró ella.

–¿Por qué no?

–Tengo que revisar todo lo que has traído, organizarlo, catalogarlo, almacenarlo. No puedo arriesgarme a que se pierda nada. No, cuando te has gastado tu propio dinero… Tardaré un par de días, por lo menos.

Maldición. En parte, Ben apreciaba que ella respetara el dinero que había gastado. Aunque, por otra parte, no podía evitar sentirse frustrado. ¿Qué podía hacer para estar con ella a solas más de dos minutos? O, tal vez, lo único que Josey quería era quitárselo de encima, una vez que había conseguido lo que había querido.

No era posible que ella fuera de esa clase de personas, se dijo él.

Como para consolarlo, Josey lo besó. Fue un beso suave y delicado que lo cambió todo.

–Quería hacerte las cosas más fáciles –susurró él.

–Lo has hecho. Lo haces. Lo que pasa es que…

Sí. Alguien tenía que mantener la cabeza en su sitio, reconoció él para sus adentros.

–¿El lunes? –sugirió ella, acariciándole la nuca.

–No puedo. Tengo reuniones previstas con los bancos todo el día. Igual que el martes. Tendría que ser el miércoles.

–Es el día del *powwow*. ¡El *powwow*! –exclamó ella con entusiasmo–. ¡Deberías venir!

No, no era lo que Ben había tenido en mente. Eso del *powwow* sonaba a fiesta india con montones de personas por todas partes. ¿Qué tenía que hacer para poder estar con ella a solas?

–Tocan los tambores tradicionales –explicó ella, ante su titubeo.

Diablos. Ben tenía que admitir que tenía curiosidad por esa enorme cosa de cuero y madera que había visto en la sala multiusos. Además, esa fiesta parecía la única posibilidad de volver a verla pronto.

–Bien. Te recogeré. ¿Dónde y cuándo?

–Ven a mi apartamento en la ciudad. Aquí –dijo ella, se soltó de sus brazos y se sacó del bolsillo un pedazo de papel y un bolígrafo–. ¿Puedes recogerme a las cinco?

–Una de las mejores cosas de mi trabajo es que yo decido mi propio horario –contestó él. En parte era cierto aunque, a veces, se sintiera encadenado a su maldito despacho.

Un silbido cortó el aire.

–No es por nada, tío, pero tengo que irme. ¿Podéis apartaros de mi furgoneta?

Menos de veinte segundos después, Sandra Pluma Blanca apareció delante de ellos. Clavó los ojos en Josey y, luego, en Ben.

–¿Josey?

–Hola, mamá –saludó ella, sonrojada–. Bueno, en cuanto tenga los papeles que necesitas para deducir impuestos en tu declaración, te llamaré –indicó, fingiendo calma.

–Genial –repuso él, alucinado. ¿Deducir impuestos?

–Señor Bolton, muchísimas gracias –dijo Sandra por cuarta vez–. Debe venir a *powwow* de la tribu esta semana. Así conocerá a la gente a la que ha ayudado.

–Me parece bien. ¿Cuándo es?

—El miércoles —señaló Sandra con una sonrisa—. Seguro que Josey puede contarle los detalles —añadió—. Si lo no ha hecho ya… —murmuró, mirando a su hija.

Ben no estaba engañando a nadie.

Y menos, a Josey.

Capítulo Cinco

El sonido del timbre sobresaltó a Josey.

Ben llegaba puntual.

Se colocó un pasador en el pelo y apagó la televisión que había tenido encendida para distraerse. Intentó no correr escalera abajo, pero no pudo evitarlo.

Debía mantener la calma, respirar hondo, se dijo a sí misma. Solo era Ben, director financiero de una compañía, su benefactor, batería de un grupo y guapo como él solo. No tenía por qué entrar en pánico.

Ya.

Cuando abrió la puerta, estuvo a punto de caerse redonda. Ben estaba de espaldas a ella, agachado junto a su moto. Por nada del mundo había imaginado que él iba a presentarse en moto.

Al cerrarse la puerta tras Josey, su sonido hizo que él se levantara y se volviera hacia ella. Llevaba chaqueta de cuero y vaqueros, además de gafas de sol. Despacio, se las quitó. Una extraña mirada se dibujó en su cara, tanto que ella se preguntó si tendría crema en el rostro o si se le habría quedado un trozo de papel de baño pegado al zapato.

Entonces, él atajó la distancia que los separaba

con dos grandes zancadas y la besó con pasión. A plena luz del día. En medio de la calle.

Pronto, Josey dejó de ser capaz de pensar, mientras Ben le recorría los labios con la lengua. Cielos, sabía tan bien, se dijo ella, correspondiéndole cada beso, cada caricia de su lengua. Sabía a algo fresco y masculino. Sabía a Ben. El contacto de su mano en la parte baja de la espalda le resultaba tan natural como respirar. Igual que sentir sus varoniles músculos cuando se aferró a sus hombros.

En pocos segundos, Josey se derretía y un embriagador deseo le hacía temblar las rodillas.

Cuando Ben se apartó, ella estuvo a punto de ponerse a llorar. Si algo tan simple como un beso la volvía loca de esa manera, ¿cómo sería tener sexo con ese hombre?

Cuando Josey abrió los ojos, los de él, más azules que nunca, la miraba con atención, mientras su boca sonreía.

—Tu madre no aparecerá de repente aquí, ¿verdad?

—¿Tu grupo no va a presentarse sin avisar?

Ben rio. Cielos, cuando reía era más irresistible todavía, se dijo ella.

—Para que lo sepas, pienso besarte otra vez más tarde —advirtió él con ojos brillantes.

Josey tragó saliva. Saliendo de él, parecía al mismo tiempo una amenaza y una promesa. Sobre todo, lo segundo.

—Me doy por enterada.

Ben le dio un rápido beso, la llevó junto a la moto y se volvió a poner las gafas de sol.

–Bien. ¿Nunca has montado en una moto de estas antes? –preguntó él con una sonrisa.

–No.

–Estarás bien con esos pantalones y esas botas –observó él, tras mirarla de arriba abajo con aire práctico–. Pero tienes que recogerte el pelo.

Con todo el tiempo que le había costado peinárselo con el secador, pensó Josey. Mientras él la contemplaba apoyado en su moto, ella se hizo una rápida trenza. Parecía que la estaba desnudando con la mirada.

Cuando terminó, él titubeó un momento.

–¿Seguro que tenemos que ir a esa fiesta?

A Josey no le importaba cancelar su asistencia. El hecho de presentarse en un evento social de su tribu con él la tenía de los nervios. ¿Pensaría la gente que eran pareja? ¿Se montaría una escena? Sin embargo, trató de mantener a raya sus preocupaciones lo mejor que pudo. Su madre había invitado a Ben. Y ella era responsable de llevarlo.

–Deberíamos hacer acto de presencia –comentó Josey. Como él no parecía convencido, añadió–: Habrá comida.

–¿Y tambores?

–Y tambores.

–Mejor que así sea –repuso él con cara de niño a punto de hacer pucheros.

Josey tuvo que hacer un esfuerzo para no reírse en su cara.

–Pero, luego, ¿me prometes que estaremos solos, sin músicos y sin madres?

Si tenía sexo con Ben, ¿marcaría eso un punto de no retorno? ¿Podía acostarse con él sin perder todo el terreno que había conquistado con la gente de su tribu?, se preguntó ella.

No lo sabía. Pero no iba a echarse atrás, de todos modos.

–Claro –afirmó ella, y levantó la barbilla con gesto desafiante–. Después del *powwow*.

Maldito *powwow*, pensó Ben.

–Bien. Toma. Te he traído una chaqueta y un casco. Aunque hace calor, el viento puede darte frío.

La alocada compra que Bobby había hecho de chaquetas de cuero para la tienda no había sido tan inútil después de todo, pensó Ben. Y él había acertado con la talla. Ella se abrochó la cremallera, ocultando una tentadora blusa de tirantes.

Ojalá pudieran olvidarse de esa fiesta y quedarse a solas, se dijo. Habría comida. Y tambores. Luego, durante el resto de la noche, esa mujer sería solo para él.

A continuación, le tendió un casco. Tuvo que contenerse para seguir con el plan y no arrastrarla dentro de la casa para quitarle los vaqueros y la blusa. Un beso más, otra caricia, y perdería todo su autocontrol, reconoció él para sus adentros. Maldición, ¿cómo iba a poder conducir con ella sentada a su espalda?

Josey tomó el pesado casco, frunciendo el ceño.

–No tienes que preocuparte. Casi nunca sobrepaso el límite de velocidad, y hace años que no tengo un accidente.

–Eso no me consuela del todo –contestó ella, su voz sofocada dentro del casco que acababa de ponerse. Al instante, se lo quitó de nuevo, se soltó la trenza y sacudió el pelo.

Era de un color maravilloso, moreno con brillos rojizos, largo y sedoso. Se parecía mucho a algunas personas que Ben había visto en la reserva, pero su tez era más clara. No era tan clara como la de su madre, pero era bastante exótica. Diferente. Especial.

No había otra mujer como Josey Pluma Blanca en todo el planeta.

Ella se hizo de nuevo la trenza, en esa ocasión, empezando en la nuca, justo por debajo de donde terminaba el casco. Él la miró con ojos como platos, mientras tejía su pelo con maestría. Volvió a ponerse el casco, con la trenza cayéndole a un lado, sobre los pechos. Incluso con casco y chaqueta de cuero, tenía un aspecto terriblemente femenino.

Cielos. ¿Conseguiría controlarse para no lanzarse sobre ella?, se preguntó Ben.

Josey se acercó hacia la moto, no muy convencida. Cuanto antes terminaran de cumplir con sus compromisos sociales, antes podrían quedarse a solas, se dijo él con determinación.

–Es como montar a caballo –indicó Ben, se puso el casco, subió e hizo un gesto para que ella lo imitara.

–Mmmm hmmm mmm.

Riendo, Ben se giró y le levantó el visor del casco.

–¿Qué pasa?

–No vayas rápido –pidió ella con una sonrisa forzada.

Estaba nerviosa. ¿Sería a causa de la moto o sería por él?

–No iré rápido. Y tú no te caerás, si te agarras a mí.

Josey se mordió el labio.

–De acuerdo.

¿Cómo podía ser tan preciosa esa mujer?, se dijo él.

–Te mostraré por dónde ir –señaló ella.

Él le tocó los labios con un dedo.

–Vamos donde tú quieras, siempre que esté yo a tu lado.

–Oh –susurró ella, dilatándosele las pupilas–. Bien.

Tenían que ponerse en marcha. No podían entretenerse de nuevo en más besos. Contra su voluntad, Ben le bajó el visor del casco y arrancó la moto.

Al momento, Josey lo abrazó por la cintura. Aunque Ben había anticipado que eso pasaría, al sentir su contacto se puso rígido. ¿Cuánto tiempo hacía que no montaba en su moto con una mujer? ¿Cuándo antes había invitado a una mujer hermosa a montar con él en una soleada tarde de verano? ¿Alguna vez le había gustado una mujer tanto como para pasar por el tormento de conocer a su familia y, peor aun, a toda su tribu?

Ben tenía problemas y lo sabía. Pero, mientras aceleraba hacia la autopista, con Josey abrazada a su espalda y la cara apoyada en su hombro, no pudo evitar pensar que le gustaba esa clase de problema.

Enseguida, el sol comenzó a ponerse a sus espaldas. Josey había aflojado su abrazo un poco, lo que significaba que se había empezado a relajar. Sin embargo, él no dejó de tener cuidado con no sobrepasar el límite de velocidad.

De pronto, a Ben se le ocurrió algo sorprendente. Se estaba divirtiendo. Le encantaba sentir el viento en la cara, cómo su moto se tragaba los kilómetros. Pero no era solo eso. Lo mejor era que le estaba enseñando a Josey lo que era montar en moto por primera vez.

Cuando Josey señaló a una salida, dejaron la autopista. Tomaron un camino de grava que, enseguida, se convirtió en un estrecho sendero. Justo cuando él pensaba que estaban perdidos en medio de ninguna parte, se abrió una carretera ante ellos, que los llevó hasta una gran explanada. Había tiendas levantadas junto a varios coches y caballos pastando junto a cabañas hechas con ramas. En el centro, había un gran círculo lleno de sillas de plástico y mantas. Había gente por todas partes… niños corriendo por todo el lugar. Algunos llevaban ropa normal, otro llevaban atuendos típicos indios, con plumas y bordados de colores.

Ben se sintió entrando en una galaxia diferente.

Josey le dio un golpecito en el hombro y señaló hacia una furgoneta blanca con las palabras «Escuela Pine Ridge». Él aparcó a su lado.

Después de quitarse el casco, Ben se dio cuenta de que Josey seguía aferrada a él. Despacio, él se quitó los guantes y le acarició los dedos, apartándolos con suavidad.

Ella lo soltó y se bajó de la moto. De inmediato, dio un traspié hacia atrás. Ben la agarró antes de que aterrizara sobre el trasero.

–¡Eh! ¿Estás bien?

Josey movió la cabeza en círculos, sin llegar a asentir o negar exactamente. Sin soltarla, Ben se bajó de la moto y le quitó el casco.

Ella tenía los ojos como platos. Al instante, por suerte, sonrió.

–Esto ha sido… ¡la cosa que más miedo me ha dado hacer en el mundo! –reconoció ella con voz un poco temblorosa.

–Tienes que salir más.

Inesperadamente, ella se puso de puntillas y le plantó un beso en la boca, rodeándolo con los brazos por el cuello.

Cuánto no hubiera dado Ben por no estar en el *powwow* en ese momento.

Tan repentinamente como lo había besado, ella se apartó. Estaba sonrojada y no se atrevía a mirarlo a los ojos. Diablos, no se atrevía a levantar la vista del suelo para mirar a nadie.

–Bien –murmuró ella.

—Bien —repuso él.

No tardarían mucho tiempo en estar mejor que bien, pero todavía estaban en público y era obvio que Josey no estaba cómoda entre tanta gente, caviló él, diciéndose que, por el momento, tendría que conformarse con no tocarla.

Poco a poco, posó la atención a su alrededor. Un insistente sonido de tambores llenaba el ambiente, junto con cánticos tribales.

A un lado, se habían reunido un grupo de chicos, que parecían debatirse entre mirarlo mal, ignorarlo y admirar su moto. Estaban todos vestidos a la usanza *mohawk,* con plumas y pelo largo, intentando hacer todo lo posible para parecer peligrosos.

No parecían la clase de chicos que se prestaran a presentaciones formales. Así que Ben apostó por entrarles de otra manera.

—¿Os gusta montar?

Los chicos se miraron unos a otros, como si estuvieran decidiendo si contestarle o no. La sensación de ser un extraño empezaba a incomodar a Ben. Por fin, el chico más alto rompió filas.

—Nosotros montamos caballos de guerra, *wasicu.*

Josey se encogió, como si ese comentario la hubiera decepcionado, pero a Ben le resultó más bien divertido. ¿Pensaban esos chicos que él era peligroso?

Diciéndose que le preguntaría a Josey más tarde qué significaba *wasicu*, decidió no prestar atención a la connotación negativa que parecía tener la palabra.

–¿De verdad? ¿Y qué tal se portan en la autopista?

Otro de los jóvenes sonrió y le dio un puñetazo amistoso a su líder en el hombro.

–¡Eh, el *wasicu* es gracioso! ¿De dónde has sacado esa cosa?

–La he construido yo.

–¡No me digas!

El grupo comenzó a acercarse hacia él, aunque el líder seguía frunciendo el ceño con desconfianza.

A Ben comenzaron a lloverle preguntas como flechas.

–¿Cómo la has hecho? ¿Qué velocidad alcanza? ¿Atrae a las chicas?

Con la última pregunta, el grupo se quedó en silencio. Ben le lanzó una mirada a Josey, que parecía entre divertida y avergonzada.

–La construí cuando estaba en el instituto –comenzó a responder él, eligiendo con cautela las palabras–. Cuando la mayoría de los chicos intentaban que su padre les prestara el coche, yo me hice mi propia moto. Porque hay una dama presente, solo diré que los sábados eran para mí el mejor día de la semana.

Josey le lanzó una mirada desafiante.

–¡Mola! –exclamaron los chicos.

Incluso el líder comenzó a acercarse, mientras sus compañeros hablaban en una mezcla de español y lakota. Ben no entendía del todo lo que decían.

—¡Como un caballo de guerra de dos ruedas, Tige!

—Josey, ¿podemos construir una igual en la escuela? —preguntó uno de los chicos—. Don seguro que nos deja hacerlo en el taller. Sería como un proyecto escolar, ¿no es así?

Todos se volvieron para mirar a Josey. Ella abrió y cerró la boca dos veces, mientras se ruborizaba.

—Primero hay que terminar el taller —dijo Ben por ella. Cruzándose de brazos, los miró con seriedad—. Si no podéis construir un edificio, entonces, no podéis construir una moto.

—Tige, Corey —llamó Josey—. ¿No tenéis que poneros vuestras ropas ya?

El grupo de jóvenes se disipó, todavía algunos señalando a la moto. No había ido tan mal, pensó Ben. Todavía no sabía lo que significaba *wasicu*, pero al menos todo el mundo era capaz de admirar una buena moto.

Cuando se giró hacia Josey, en vez de admiración, en sus ojos encontró un tinte de desaprobación.

—¿Qué?

—¿Con que los sábados eran tu mejor día?

—Lo he dicho en tiempo pasado —replicó él.

Josey seguía en jarras. Por su mirada, no se lo creía.

—De acuerdo. Los sábados siguen siendo el mejor día para mí, pero es por mi banda —aseguró él—.

Desde hace poco, han empezado a gustarme los miércoles también.

–Puedes ser muy encantador cuando te lo propones, ya lo sabes –le espetó ella.

Ben no supo descifrar si era un cumplido o una queja. Pero, antes de continuar con la conversación, Josey clavó la vista en alguien detrás de él.

Ben se preparó para otra confrontación. ¿Quién iba a ser el próximo en llamarlo *wasicu*? Pero, en vez de toparse con un aguerrido indio, se encontró con un chico rubio de unos catorce años que se acercaba cabizbajo.

–¿Jared? ¿Qué pasa, muchacho? –preguntó Josey con tono suave y maternal.

–Han vuelto a decírmelo –contestó Jared, que parecía a punto de ponerse a llorar–. Las chicas ni siquiera quieren hablar conmigo.

–Oh, cariño –dijo Josey, y le dio un abrazo–. Ya hemos hablado de esto. No puedes dejar que te afecte.

–¿Qué?

Cuando Ben habló, tanto el niño como Josey lo miraron como si se hubieran olvidado de su presencia.

–¿Cuál es el problema?

–Tige y su banda me llaman mestizo –repuso el chico, limpiándose la nariz con la mano–. A nadie le caigo bien.

–Eso no es verdad. A Seth le caes bien.

–Eso es porque es tu primo. Todas las chicas se ríen de mí.

Ben no podía quedarse allí parado viendo llorar a ese chico. No era digno que un chico tan mayor se pusiera a gimotear en público. Sin duda, Josey quería ayudarlo pero, con su mejor intención, estaba hundiéndolo en la autocompasión.

—Mira, Jared, no has entendido nada.

El chico levantó la vista hacia él, moqueando.

—¿Qué?

Ben lo agarró del brazo y lo apartó de la compasión de Josey.

—Quieres gustarle a las chicas, ¿no es así?

—¿Sí? —dijo el chico, lanzándole a Josey una mirada asustada.

—Entonces, tienes que ser alguien que a ellas les guste.

—Pero yo soy...

—No importa quién seas o no seas. Las chicas quieren lo que no pueden tener. Está bien que seas sensible, de acuerdo. ¿Pero que es eso de gimotear diciendo que no le caes bien a nadie? Estás matando el misterio. Tú no debes ir tras ellos —le ordenó, señalándolo con el dedo en el pecho—. Debes hacer que ellos vengan a ti. Al diablo si quieren ser tus amigos o no.

—¡Cuida tu vocabulario! —le reprendió Josey.

Ben continuó.

—No necesitas a nadie, ¿de acuerdo? Eres mejor que ellos y lo sabes. Todo lo que digas y hagas debe convencer a la gente de que es verdad. Mira, sé lo que se siente cuando la gente espera que seas de una forma que no eres —le confió Ben con sinceridad–. Pero no puedes dejar que ellos te definan. Tienes que decidir por ti mismo quién eres. Así es como funciona.

El chico parecía menos asustado y más confundido.

–¿Pero no conseguiré gustarle todavía menos a las chicas?

¿Había estado él también tan perdido cuando había sido adolescente?, se preguntó Ben. Esperaba que no.

–Una vez que las chicas piensen que no te interesan, sentirán curiosidad. Querrán saber por qué no te gustan. ¿Cuál es tu secreto? Si lo haces bien, pensarán que deberías compartir con ellas tu secreto, porque solo ellas pueden mitigar tu dolor. Las chicas son así. Les gustan los retos.

Durante un segundo, el rostro del chico se iluminó, pero enseguida miró al suelo de nuevo.

–Pero yo…

–Nada de peros. ¿Cuántos años tienes? ¿Catorce?

–Quince –replicó el muchacho un poco enfadado.

–Eh. Eso está bien. Mantén esa rabia. Vuelve locas a las chicas. Y qué me dices de esa… ¿Cómo se llamaba, Josey? Esa niña cuyo padre hizo el tambor…

–¿Livvy? –dijo ella con gesto horrorizado.

Ben ignoró su desaprobación. Lo cierto era que se estaba divirtiendo.

–Sí. Es muy linda. ¿Qué tiene de malo?

El chico miró al cielo con gesto burlón.

–Tiene once años, señor.

–Escucha, niño –dijo Ben, conteniéndose para no sonreír–. Dale unos años. Algunas chicas merecen que se las espere. Hasta entonces, ve películas de James Dean y practica ser el lobo solitario, ¿de acuerdo? Métete en unas cuantas peleas, dedícate a un pasatiempo peligroso y deja de hacerte eso en el pelo –aconsejó, refiriéndose a toda la gomina–. Y, por todos los santos, deja de gimotear. A las chicas no les gustan los llorones. Les gustan los chicos malos.

El chico había dejado de gimotear.

–¿De verdad crees que funcionará?

–No lo creo. Lo sé. Cuando sabes quién eres, todos los demás querrán saberlo también. Y, cuando tengas dieciséis años, igual te conseguimos una moto, ¿de acuerdo?

–¿De verdad? –dijo el chico, quitándose el flequillo de la cara. Sacó pecho y esbozó un amago de desdén–. ¿Y eso cómo es?

–Buen comienzo. Sigue practicando.

–¡Voy a contárselo a Seth! ¡Gracias, señor! –exclamó Jared, y salió disparado como una bala.

Ben se quedó mirándolo.

–Niños –dijo él, hablando solo.

–Hombres –replicó Josey. No estaba sonriendo–. ¿Que se meta en peleas? ¿Que tenga un pasatiempo peligroso? ¿De verdad? Solo es un niño.

Podía fingir estar enfadada, pero Ben no se lo creía.

–Un niño necesita comprender cómo ser un hombre. Si consigue unos cuantos ojos morados, será bueno para él. No puedes proteger a los niños como si fueran pollitos. Cuanto antes aprenda a luchar por lo que quiere, mejor para él.

Josey se quedó callada y seria. Él no tenía ni idea de qué estaba pensando. ¿Que era un imbécil? ¿Que había dañado al niño con sus consejos?

–Además, creí que te había gustado el paseo –añadió Ben.

Por fin, ella se relajó y sonrió.

–Discutiría contigo si no tuvieras tanta razón. Vamos.

Ben caminó a su lado, mientras ella sorteaba la multitud. No era tan difícil, pues la gente se apartaba de ellos a su paso. Él miró a su alrededor. No había demasiados hombres blancos por allí. A lo lejos, vio a la madre de Josey. Mientras se acercaban, se dio cuenta de que la gente le dedicaba a la mujer rápidas sonrisas y unas pocas palabras, pero nadie se quedaba a su lado. Y nadie estaba sentado con ella. Era casi como hubieran trazado a su alrededor un círculo invisible e impenetrable.

Ben quiso preguntar qué problema tenía ese chico, Jared, pero el olor a pan tostado, judías y carne, probablemente venado, lo distrajo. Al mismo tiempo, los tambores comenzaron a sonar más fuerte.

Cuando llegaron a la manta de Sandra Pluma Blanca, la multitud comenzaba a hablar en un tono más bajo.

–Llegáis tarde –dijo Sandra en un susurro.

–Nos entretuvimos con Tige y Jared.

Sandra esbozó gesto de preocupación.

–No se estaban peleando, ¿verdad?

–No –negó Josey, y le lanzó una fugaz mirada de admiración a su acompañante–. Ben habló con ellos.

Sandra lo miró como si fuera un héroe.

–Señor Bolton, se está convirtiendo usted en nuestro ángel de la guarda –señaló la mujer mayor, y le tendió algo que parecía un taco de carne.

–Están muy ricos –indicó Josey, tomando uno para ella–. Te llevaré adonde están los tambores después del baile de inauguración, ¿está bien?

Ben solo pudo asentir, porque ya tenía la boca llena de comida. Salado, picante y graso... el taco no era comida sana, pero estaba delicioso.

Josey estaba masticando el suyo también, devorándolo con placer. Ben sonrió al verla. No le gustaban las mujeres que picoteaban lechuga como pajaritos y solo probaban un bocado del postre de él para no pedirse uno entero. Le gustaban las mujeres que no le tenían miedo a la comida.

Los tambores sonaban más y más fuertes. Algunos danzantes comenzaron a abrirse paso hacia el círculo del centro.

–Se llaman danzantes de la hierba, porque allanan la hierba para que baile el resto de la gente –explicó Josey, tapándose la boca llena con la mano.

Ben asintió mientras masticaba. Los trajes rituales eran muy llamativos, con plumas, lazos y más espejos de los que se podían contar, pero el ritmo era bueno y los hombres que había en el centro lo marcaban con los pies en el suelo.

Mientras la música continuaba, los movimientos de los danzantes se hacían más espasmódicos. Saltaban cada vez más alto y se meneaban con fuerza. A Ben le resultó un espectáculo casi hermoso. Se comió un segundo taco, mientras movía la cabeza al ritmo de los tambores.

De pronto, hubo una pausa y los danzantes pararon y se agacharon de golpe. Luego, se levantaron. Josey se apoyó en su hombro para hablarle al oído.

–Es una competición. Gana el que se para al mismo tiempo que la música.

Durante un segundo, Ben se olvidó de los danzantes, de los tambores y de los tacos. Solo podía pensar en la sensación de tenerla apoyada en su hombro, en su calidez. Se volvió para mirarla y sus ojos se encontraron. Se le incendió la sangre, al mismo tiempo que ella se sonrojaba y le dedicaba una sensual caída de pestañas.

Sí, lo estaba pasando bien. De maravilla, incluso, se dijo él.

Pero estaba deseando quedarse con ella a solas.

Capítulo Seis

Don estaba sentado tocando, así que a Josey le pareció bien dejar a Ben en el círculo de tambores unos minutos. Parecía estar cómodo, sentado sobre los talones, moviéndose al ritmo de la música, con una sonrisa de felicidad en la cara.

Ella se apresuró a volver a la manta de su madre.

–Recuerda que no vendré mañana. Tengo una reunión a las diez en la Universidad de Dakota del Sur, para que certifiquen la escuela –informó Josey. Y era cierto. Aunque esa no era la verdadera razón por la que le urgía no quedarse a dormir en la reserva. Más que nada en el mundo, quería despertarse en la cama de Ben. Pero no debía adelantarse, tal vez… No sabía lo que pasaría esa noche, se recordó a sí misma.

Su madre arqueó las cejas, mirándola con sospecha.

–Está bien, cariño –dijo Sandra, y posó la vista donde Ben estaba sujetando una baqueta, junto a Don–. Parece un buen hombre.

Josey se relajó un poco. Habían dejado que Ben se sentara en el círculo de músicos. Su madre parecía dar su aprobación. Diablos, incluso se había ganado a uno de los chicos más duros de la reserva. Tal vez, se había equivocado al pensar que excluirían a Ben y, por extensión, a ella.

—Yo creo que lo es.

A pesar de que tenía una banda de rock duro y de que era un motero en toda regla y maldecía como un carretero, parecía tener unos sólidos principios morales.

—Te veo dentro de unos días —se despidió Josey, dándole a su madre una caricia en la mejilla.

Su madre la abrazó.

—Diviértete y ten cuidado.

Era normal que su madre le dijera eso, pero a Josey le sonó un poco diferente, como si Sandra diera su tácita aprobación al desesperado deseo que invadía a su hija. De nuevo, se preguntó si sería porque a su madre le caía bien Ben o si sería porque él se había erigido en salvador de la escuela.

No importaba. Josey tenía claro que quería divertirse con él a la vieja usanza, en la cama. Una y otra vez, había ensayado cómo iba a recordarle que debía usar preservativo. Podía acostarse con él sin que la cosa se pusiera demasiado seria. Estaba preparada.

Mientras ella se acercaba, Ben no le quitaba los ojos de encima. Ese no era su lugar, aquella era una de las fiestas rituales más importantes de la tribu. Sin embargo, entre Tige, Jared, su madre y el círculo de tambores, parecía encajar a la perfección.

Su familia llevaba dos generaciones luchando por ser aceptados dentro del clan, y él había logrado que lo recibieran con los brazos abiertos en cuestión de días. A su madre le caía bien, aunque Josey se preguntó qué pensaría su padre de aquel forastero.

La extrañeza de la situación la hizo titubear. ¿Aceptaban a Ben solo por el dinero que había donado a la escuela? Su abuelo también había tenido dinero, pero todo el mundo lo había llamado *wasicu* a sus espaldas. ¿Sería por la forma en que Ben se hacía respetar? Tal vez, las cosas funcionaban como le había dicho a Jared. «No vayas a buscarlos. Ellos te buscarán», le había aconsejado al chico.

Igual Josey se equivocaba del todo. Tal vez, con Ben sucedía lo mismo que había pasado con su abuelo. Era posible que, una vez que se hubiera ido, todo el mundo murmurara que ella era tan mestiza que no podía lograr un novio lakota decente y tenía que conformarse con un *wasicu*. Era un *wasicu* con dinero, sí, ¿pero se había ganado el respeto del clan o lo había comprado? ¿Qué pasaría cuando el dinero y las donaciones dejaran de llegar? ¿Sería Ben menos bienvenido? ¿Y ella?

Mirando a su alrededor, se quedó paralizada un momento. Había luchado tanto por ganarse su puesto en la tribu... ¿de veras quería tirarlo todo por la borda por un hombre blanco, aunque fuera Ben Bolton?

¿Qué estaba haciendo?

Ben dejó las baquetas y salió del círculo, mientras Don ocupaba de nuevo su lugar. Todo el mundo asintió, sin malicia, sin cuchicheos. Como si la participación del forastero en el círculo de tambores fuera lo más natural del mundo.

Sin dejar de mirarla, Ben se acercó a ella. No le importaba lo que la gente hiciera o dijera a sus espaldas. Ella lo adivinaba por la forma en que se movía, lleno de confianza.

–Bailes, tambores, comida. Creo que ya he visto el *powwow* –le susurró él, sin llegar a tocarla.

–Deberíamos irnos –propuso ella. Quería irse a casa con él. ¿Era lo que debía hacer en realidad?

Necesitaba huir de la confusión.

Ben la miró a los ojos con preocupación. No, ella no quería leer nada en su mirada parecido a la lástima, así que se dio media vuelta y se dirigió a la moto. Por suerte, no había nadie por allí, aunque había bastantes huellas de pisadas en el suelo. Era obvio que mucha gente se había acercado a ver la moto.

–¿Adónde vamos? –preguntó Ben.

La mayoría de los hombres no habrían preguntado. La mayoría se hubieran limitado a ir a la cama más cercana y hubieran tomado lo que ella, más o menos, había prometido. Si Josey había aprendido algo en ese tiempo, sin embargo, era que Ben no era como la mayoría de los hombres.

Sin embargo, ella necesitaba despejarse la cabeza, y solo había un lugar en el mundo donde podía hacerlo.

–Hay un sitio que quiero mostrarte primero.

***

Sí, el *powwow* no había salido tan mal. Don incluso le había dejado probar el tambor más grande que había visto en su vida. Los danzantes eran impresionantes. Y los tacos estaban muy ricos.

Aunque algo había cambiado en Josey. Cuando había regresado con ella, la había notado muy lejos de allí. Había querido llevarla a su casa, pero había necesitado que ella también quisiera. Por eso, cuando le había dicho que quería mostrarle algo, él había aceptado sin rechistar.

Dejaron el *powwow* atrás pero, en vez de dirigirse hacia la civilización, se adentraron más en aquella zona perdida. Después de veinte minutos, estaban cruzando un prado desnudo.

Había pasado mucho tiempo desde la última vez que Ben había montado tan lejos de la carretera, pero gracias a sus ruedas todoterreno, eso no era un problema. Estaban bordeando una larga fila de colinas. A la izquierda, había un mar de hierba marrón. A la derecha, un bosque de pinos parecía interminable.

Ben había vivido siempre en Dakota del Sur, excepto los años que había ido a la universidad en California… pero nunca había visitado esa zona del estado. El contraste era muy agreste, de una belleza salvaje y difícil de encontrar.

Josey le dio un golpecito en el hombro y señaló a un barranco delante de ellos. Él paró.

–¿Dónde estamos?

–En ninguna parte.

Josey dejó la chaqueta y el casco. Su voz sonaba

baja. Reverente. Casi como si estuviera viendo un fantasma. Antes de que él pudiera preguntar nada más, ella trepó al barranco y desapareció detrás de unos árboles.

–¿Josey? –llamó él, siguiéndola. El olor a pino era mucho más fuerte que el ambientador que Cass usaba en la oficina. El silencio era ensordecedor... poblado de cantos de pájaros, viento en los árboles. No había ruidos hechos por el hombre. Al menos, después de que hubiera apagado la moto. Afiló la mirada penetrando en el bosque, sin ver nada. ¿Dónde se había metido ella?

Los árboles dieron lugar a un claro, y Ben se encontró en lo alto de un saliente sobre un río y un profundo valle.

Josey estaba sentada en una enorme roca con los brazos entrelazados sobre las rodillas... Tenía un aspecto natural y sensual, inocente y dulce. Sin duda, no era la primera vez que se había sentado allí. Ese era su lugar, pensó Ben. Nada de escuelas. Ni de reuniones de negocios.

–¿Josey?

Ella no se movió. Ben sintió que no era adecuado interrumpirla. Intentó enfocar la mirada en la dirección que ella miraba. Delante de él, se abría un paisaje espectacular... kilómetros de nada más que grandes llanuras. Parte de él hubiera sido feliz de sentarse a su lado sin nada más que hacer que sentir el mundo girar. Pero, por otra parte, ansiaba saber qué diablos estaba pasando.

–Este era el lugar de mi abuela –explicó ella de

101

pronto–. Vivían en Nueva York durante el año escolar, pero volvía a la reserva en Navidad y en verano. Ella venía aquí primero, para reencontrarse con los espíritus.

¿Qué podía decir él ante una afirmación así? Decidió que lo mejor era no decir nada. Los engranajes de su cabeza se movían deprisa, sin embargo. Nueva York… de ahí provenía el acento de Sandra. Y Josey le había dicho que había estudiado en la Universidad de Columbia. ¿Y su abuela era la misma que se había casado con el abuelo que le había dejado el fondo fiduciario?

–Recuerdo que me montaba con ella en su caballo y me llevaba a volar por los prados –señaló Josey. Su voz sonaba lejana–. Así me sentía. Volando. Me subía en esta roca y me decía «Nunca olvides quién eres, niña Josey» –le confió, y sonrió con gesto indefenso–. Me llamaba así, niña Josey.

–Te quería –comentó él. Esperaba que fuera algo apropiado que decir. No estaba acostumbrado a hablar mucho con las chicas con las que salía. Quizá, esa era la razón por la que no había salido con nadie hacía tiempo.

–Sí –afirmó ella y se levantó sobre la roca. Se estiró–. Mi abuela caminaba entre dos mundos. Y amaba a los dos.

¿Qué significaba eso de andar entre dos mundos? ¿Era un lenguaje en clave? Antes de que Ben pudiera preguntar, ella se volvió hacia él con los ojos empañados por los recuerdos.

–Me llevó a la Estatua de la Libertad por primera vez, antes de caer enferma. Tengo una foto… –dijo ella, y se interrumpió por la emoción. Tragó saliva antes de continuar–. Mamá no pudo hacerlo. No pertenecía a ese mundo. Lo intentó una vez, pero no le gusta hablar de ello. Por eso, se casó con un guerrero lakota y volvió a la reserva para siempre.

Ben estaba seguro de que no le habían presentado a ningún guerrero lakota. Se lo imaginaba parecido a Don, pero con plumas.

–¿Qué le pasó?

–Murió hace mucho –contestó ella, sin dar más explicaciones.

–Sí. Mi madre… –comenzó a decir él. Aunque habían pasado dieciséis años, todavía le dolía su pérdida.

–Sí –dijo Josey, respiró hondo y estiró los brazos como si fuera a abrazar al viento. Quizá, el viento también quería ser abrazado, porque en ese mismo instante empezó a soplar a su alrededor con más fuerza–. Lo intento. De verdad, lo intento. Cuando estoy allí, sonrío y saludo e ignoro a la gente que se ríe porque mi apellido significa que no soy lo bastante blanca. Y, luego, vengo a la reserva y sonrió y saludo e ignoro a la gente que se ríe porque mi pelo y mi piel significan que no soy lo bastante india.

¿La gente se reía de ella? Una rabia incontenible sorprendió a Ben de golpe. ¿A quién le importaba su apellido o el color de su piel? ¿A quién le importaba que a su abuela le gustara Nueva York o que su abuelo fuera un guerrero? A él, no. Solo le importaba proteger a la mujer a su lado de la crueldad de la gente. Era demasiado dulce, demasiado amable, demasiado buena para que nadie se riera de ella.

Justo cuando iba a decirle lo que pensaba, Josey se giró hacia él con los ojos muy abiertos.

–Todavía vengo aquí cuando tengo que recordar quién soy.

–¿Quién eres en realidad?

–¿Sabes algo? Nadie me pregunta eso –contestó ella, y se bajó de la roca.

–Yo te lo pregunto.

Una brisa le revolvió al pelo, dándole un toque todavía más sexy. Sin poder evitarlo, Ben se acercó a ella.

Josey le dedicó una enigmática sonrisa.

–Igual, por eso me gustas.

A Ben se le aceleró el pulso. Quizá, entendía lo que ella decía sobre caminar entre dos mundos y sobre recordar quién era. O, tal vez, no. Podía entender lo que se sentía cuando no se lograba encajar en el patrón marcado por otras personas. Porque él nunca iba a ser Billy, ni Bobby y, por muchos conciertos que hiciera o por muy bien que manejara el dinero, nunca iba a ser alguien de quien su padre se sintiera orgulloso. Nunca sería el hijo que su padre quería.

Lo que sabía seguro era que ese lugar era especial para Josey, y que lo había compartido con él. Porque él también era especial para ella.

Cuando la rodeó de la cintura, Josey se apoyó en él sin titubear y entrelazó sus dedos.

En ese momento, Ben sintió que la habitual sensación de soledad que lo acompañaba era sustituida por una suave calma. Comprendió lo sola que ella se sentía en la tribu, lo difícil que le resultaba esforzarse una y otra vez sin lograr ser suficiente, lo cansada que estaba de hacerlo todo sola. Lo comprendía todo y estaba contento de poder aliviar algo de su carga.

–Tal vez, por eso me gustas tú también –le susurró él al oído.

Josey respiró hondo.

–¿Te gusto? –preguntó ella, girándose entre sus brazos y tomando su rostro entre las manos–. ¿Te gusto?

¿Qué clase de pregunta era esa? Ben había pasado la prueba de fuego al conocer a su madre y a su tribu… ¿y todavía le preguntaba si le gustaba? Las mujeres eran impredecibles, se dijo, mientras dejaba que sus labios le dieran la respuesta.

En esa ocasión, se tomó su tiempo para saborearla. Sin madres, ni compañeros de grupo alrededor, nada más que la brisa podía ver cómo le sacaba la blusa del pantalón y deslizaba las manos debajo para tocarle la piel. Ella apretó sus caderas contra él.

Podían tener sexo allí mismo. Diablos, por la forma en que ella lo estaba besando, estaba seguro de que podían tener sexo en cualquier parte. Ciertas partes de su anatomía se mostraron más que de acuerdo. Cualquier sitio era bueno, siempre que fuera con ella.

Josey lo apartó entonces.

—Tenemos que irnos.

—¿Adónde?

Ella cerró los ojos y se pasó la lengua por los labios. Se colocó la blusa que él casi le había quitado.

—A tu casa. Llévame a tu casa.

Capítulo Siete

La moto iba cada vez más rápido, hasta que el mundo a su alrededor no fue más que un dibujo borroso. No podían estar en la autopista. Debían de estar volando. Por un momento, Josey se sintió como la niña que había sido, volando a lomos de un caballo en dirección al lugar donde podía ser ella misma.

Pero ya no era una niña. Era una mujer adulta, yéndose a casa con un hombre adulto. Eso era lo que quería en ese momento. Al diablo con lo que pensaran los demás. Podía no tener mucha idea de quién era, pero Ben había sido el único hombre que lo había preguntado. Y el único con quien quería estar.

Agarrándose a él con fuerza, sintió cómo la moto vibraba entre sus piernas. Más y más rápido.

Al fin, las luces de la ciudad empezaron a brillar a lo lejos.

Se aferró a él, confiando en que sabía cómo manejar esa máquina. No había razón para tener miedo. A pesar de que Ben estaba conduciendo a toda velocidad con el objetivo de llevarla a la cama.

A pesar del ruido de la moto, Josey podía sentir el corazón de su acompañante bajo la chaqueta.

Sí, estaba un poco nerviosa. Había pasado mucho tiempo desde que se había acostado con un hombre. Pero la sensación de su pecho bajo las manos y la forma en que su último beso todavía le quemaba los labios bastaban para hacerle olvidar sus reparos.

Ben la deseaba con tanta intensidad que no podía esperar. Por eso, pisaba el acelerador a fondo. Ella tampoco podía esperar.

El mundo dejó de verse borroso cuando él aminoró la marcha y tomó una serie de desvíos. Pronto, Josey distinguió el entorno, un gran polígono industrial. Ben paró en seco delante de una de las naves. Apretó un botón y una puerta de acero se abrió. Metió la moto dentro y apretó un par de botones más. La puerta se cerró y, momento después, todo el suelo comenzó a elevarse con ellos encima.

—¿Dónde estamos? —preguntó ella, sin soltarlo. Seguían montados en la moto, subiendo. ¿Quién tenía un ascensor lo bastante grande como para cargar una moto?

—En mi casa —contestó él, quitándose el casco. Puso el pie de la moto y esperó.

Pero Josey no estaba segura de que las piernas fueran a sostenerla si se bajaba. Tras un segundo, fue él quien se bajó. Le quitó el casco.

—Aquí estaba la antigua fábrica de Crazy Horse Choppers.

¿Vivía en una vieja fábrica? Josey se imaginó una casa parecida al despacho de acero que ella había conocido.

El elevador industrial siguió subiendo. Pasaron la segunda planta. El sonido de rock duro atravesó la pared del ascensor.

Ben adivinó su confusión.

—Alquilo la segunda planta a una pareja de artistas. Me limpian la casa dos veces al mes y les dejo que me paguen con cuadros cuando no logran reunir el dinero.

—¿De veras? —preguntó ella. ¿Era un mecenas de arte? Eso encajaba con su papel de salvador de la escuela—. ¿Quién más vive aquí?

Ben se acercó más y le bajó la cremallera de la chaqueta, rozándole los pechos con los dedos. Ella se estremeció y, al notarlo, él sonrió.

—La primera planta es el almacén de instrumentos de la banda y el local de ensayo. He estado pensando en hacer un estudio de grabación allí... Billy usa la tercera y la cuarta planta para guardar sus viajas motos. Y yo vivo en la planta de arriba.

Dos pisos enteros de vacío lo separaban del resto del mundo. Y, en ese momento, con la chaqueta abierta, ella se sentía casi desnuda. Dentro de un elevador industrial.

Ben posó una mano delante de ella en el sillín de la moto y otra detrás, sin llegar a tocarla. Con la punta de la nariz, le rozó la frente y el oído.

—¿Te ha gustado el paseo?

—Me ha parecido muy rápido —admitió ella.

—Puedo ir despacio, si es lo que te gusta —le susurró él y, con suavidad, acercó la mano a su parte más íntima. Solo la rozó, pero fue suficiente para hacerla estremecer de nuevo–. Muy despacio –murmuró, besándola en el cuello.

¿Una cama? ¿Para qué necesitaban una cama?, se dijo Josey, abriéndole la chaqueta y agarrándolo de los hombros. Ben la bañó con su aliento en el oído y la palpó un poco más.

Josey se apretó contra su mano. Cuando él empezó a frotarle entre las piernas con los dedos, a través de los vaqueros, ella le mordió el hombro para no gritar. ¿Se desnudaba la gente dentro de un ascensor industrial? Al paso que iban, igual ni siquiera lograban desnudarse del todo.

El ascensor respondió a su pregunta. Se detuvo de golpe, rompiendo la deliciosa tensión del momento, a punto de tirarla de la moto.

Ben la sujetó de la cintura para impedir que cayera.

–Estamos aquí –dijo él con sonrisa traviesa, ayudándola a bajar.

Menos mal porque, entre el paseo en moto y sus suaves caricias, Josey estaba al borde del clímax. Cualquier duda que hubiera tenido sobre irse a la cama con él había desaparecido. Nunca había deseado a ningún hombre tanto en toda su vida. Ben Bolton estaba deseando satisfacerla y estaba segura de que era más que capaz de hacerlo.

Él la soltó despacio, como para comprobar que su acompañante pudiera sostenerse en pie sola, y abrió la puerta. Ella se preparó para darse de frente con una casa de acero gris…

–Espera un momento –dijo él, y avanzó en la oscuridad–. Deja que encienda la luz.

Segundos después, Josey se encontró iluminada por las luces de un garaje abierto. Al fondo, había varios bancos de trabajo cargados de herramientas.

Ben empujó su moto dentro.

−¿Vives en un garaje?

Con una sonrisa, él se le acercó y pulsó unos botones a su espalda.

−No exactamente.

Interminables hileras de lámparas de techo dejaron ver un inmenso espacio, salpicado de pequeñas salas de estar, con sofás, sillas y alfombras. Un grupo de modernas sillas blancas rodeaban una alfombra redonda negra, unos sofás de cuero color chocolate estaban acompañados de alfombras persas. Los techos eran altísimos. Era un lugar espacioso, aireado y bien iluminado.

−Vaya −dijo ella con la boca abierta.

−Ven −le susurró Ben al oído−. Te lo enseñaré.

Antes de que ella pudiera reaccionar, Ben la sujetó de la muñeca y la guio a la primera zona de estar, con divanes de terciopelo blanco.

−Has visto el garaje. Ahí están mis instrumentos, la batería y la zona de juegos. En el otro lado, al fondo, está la habitación de invitados. Después, el gimnasio y la sala de cine.

−Ah −dijo ella, perpleja.

Los espacios estaban separados entre sí por muros bajos que parecían construidos de ladrillos de cristal. La zona de juegos tenía una televisión tan grande como una pared, igual que la sala de cine. La principal diferencia era que en una había butacas bajas, para jugar a los videojuegos, y en la otra, sofás reclinables. Había una tercera pantalla de televisión, más pequeña, delante de la cinta de correr y las pesas.

Cuando Josey se volvió, Ben la estaba observando. Sin decir nada, él le quitó la chaqueta, acariciándole los brazos despacio con el movimiento.

–Me gusta ver lo que me apetece y cuando me apetece –le susurró él en el cuello.

Ella se estremeció al sentir su aliento.

Sin embargo, en vez de besarla, Ben la tomó de la mano y la llevó al siguiente espacio. Las luces se encendieron solas cuando entraron.

–Mesa de billar y bar –indicó él, señalando con la cabeza a la izquierda–. La biblioteca y el despacho están al otro lado –añadió, después de acomodarla en uno de los sofás, mientras le acariciaba los hombros.

Nunca una visita a una casa había sido tan sensual. La voz de Ben era baja, sedosa, con un toque áspero que la hacía vibrar de deseo.

La mesa de billar y el bar eran de caoba. Una colección de vasos de cristal relucía sobre la barra. La biblioteca tenía una pared llena de libros y un sofá reclinable de cuero gastado con un aspecto muy cómodo. El despacho era más espartano. Solo tenía un escritorio de madera tallada y un completo equipo tecnológico.

Ben se arrodilló delante de ella, recorriéndole los muslos con las manos. Era una especie de tortura lenta, pensó Josey. La tocaba, hacía que lo deseara con cada caricia, pero no la besaba, no la devoraba como ella ansiaba.

–Pareces sorprendida –comentó él, quitándole las botas.

–Esto es increíble –señaló ella. Había estado en pisos lujosos de Nueva York, con exclusivas decoraciones y muebles de primera. Lo impresionante no era el lujo, sino que Ben fuera su dueño.

En Nueva York, esa clase de casa alcanzaría los veinte millones de dólares. Aunque no estaban en Nueva York, tenía que haberse gastado, al menos, un par de millones en su hogar. Era obvio que los márgenes de beneficios de sus negocios personales no eran tan estrechos como los de la compañía familiar.

–Me alegro de que te guste –dijo él, recorriéndole las plantas de los pies con los dedos.

Ella se estremeció de placer, más aún cuando Ben se inclinó y le posó un beso en el muslo.

Pero, en vez de continuar, él la tomó de la mano y la levantó del sofá.

–Te voy a enseñar más cosas.

Ben la llevó a la siguiente zona, equipada con una alfombra con un diseño abstracto y muebles más gastados, como si fuera la zona que más usaba.

–Vaya –dijo ella. Había una mesa larga a su derecha, con sillas para doce personas. Un cuadro enorme ocupaba casi toda una pared.

–La cocina está aquí al lado y, en frente, el vestidor –indicó él. Muy despacio, comenzó a subirle a su invitada la camiseta.

Josey no opuso resistencia. Enseguida, le desabrochó los vaqueros.

–El baño está detrás de la cocina. El dormitorio está al otro lado –susurró él, bajándole los pantalones y besándole entre los pechos.

Josey se terminó de quitar los pantalones. Por suerte, se había puesto un conjunto de ropa intima de encaje negro.

Ben se puso de pie, dejándole un camino de fuego en la piel con sus besos.

–Muy hermosa, como era de esperar –dijo él con voz ronca y áspera.

Josey sonrió para sus adentros, satisfecha. De pronto, se sintió poderosa.

–¿Dónde decías que estaba el dormitorio? –preguntó ella, recorriéndole el pecho con la punta del dedo, hasta llegar a su vibrante erección. Despacio, le desabrochó el cinturón.

Él cerró los ojos con respiración entrecortada.

–Sí. El dormitorio, ahí.

–¿Tienes…? –comenzó a preguntar ella. No era muy romántico sacar a relucir los preservativos, pero se había prometido a sí misma tener sexo seguro y no pensaba renunciar a ello.

–Varios –contestó él, le sujetó la mano y se la apartó del pantalón.

Era una gozada estar con un hombre que no protestara ni intentara disuadirla en lo relativo a los preservativos.

Despacio, la condujo detrás de una pared de ladrillos de cristal que se iluminó cuando pasaron.

En medio de la habitación, una cama gigante con sábanas blancas como la nieve.

Sin soltarle la mano, la llevó junto a la cama y abrió el cajón de la mesilla, de donde sacó una caja de preservativos.

Con el pulso acelerado, Josey le quitó la camiseta. Ansiaba ver los músculos ocultos por la ropa.

Al ver su torso desnudo, sin embargo, se quedó sin aliento. Los pectorales de acero estaban pintados por un pequeño camino de vello moreno. Ella le palpó unos abdominales que parecían esculpidos, hasta el borde del pantalón.

Ben contuvo el aliento mientras Josey deslizaba las manos debajo. Cuando comenzó a tocarlo, la agarró de la muñeca.

–Vaya, vaya. Pensé que querías ir despacio –comentó él con voz llena de deseo.

–Yo nunca he dicho eso –repuso ella, y lo lanzó a la cama de un empujón–. Quizá, no me guste ir despacio –añadió, arrancándole los calzoncillos–. Igual me gustan las cosas un poco más rudas.

Al verlo desnudo por completo, Josey se quedó sin palabras. Era un hombre enorme... igual que su erección.

Sin darle mucho tiempo para mirar, Ben la tomó de las manos y la tumbó a su lado. En un instante, se colocó encima de ella.

–En mi casa, yo pongo las reglas. Y la primera norma es que las damas primero. Quiero que esto sea algo memorable.

Ben comenzó a besarle el cuello y más abajo.

Sí, quería que fuera memorable, se dijo Josey. Pero, sobre todo, quería mucho más que una noche.

Él le desabrochó el sujetador y, tras un segundo, le cubrió un pezón con la boca para devorarla con pasión. Un exquisito placer la hizo olvidarse de todo lo demás. Arqueó las caderas hacia él.

—Despacio, mujer —susurró él, empujándola hacia abajo con su cuerpo—. Tenemos toda la noche.

Cuando Josey iba a decir algo, comenzó a lamerle el otro pecho, mientras le separaba las piernas con la rodilla. Entonces, sintió su tremenda erección latiéndole en su parte más íntima, contra el encaje negro. En ese momento, lo único que ella deseó fue alcanzar el clímax al que había estado trepando desde que había comenzado la noche.

Por suerte, Ben parecía dispuesto a complacerla.

—Me gustan —musitó él, deslizando las manos bajo sus braguitas—. Te quedan muy bien.

—Me las he puesto para ti —logró decir ella entre jadeos.

Ben la besó en los muslos, le mordisqueó hasta el borde de las braguitas.

—Eres preciosa —susurró él, justo antes de pasarle la lengua por el centro de su feminidad.

Con él, Josey se sentía preciosa, más allá de la ropa interior que llevara puesta. Era como si fuera alguien especial cuando estaba con él.

Sujetándola de las piernas, Ben lamió y besó más en profundidad. Ella hundió las manos en su pelo y se preparó para disfrutar del viaje.

Cada vez más cerca del clímax, Josey perdió la noción de la realidad, mientras él la guiaba con destreza por caminos de placer que no había pisado nunca. Al fin, gritó y su cuerpo estalló en espasmos de gozo.

–Eres muy hermosa –repitió él, sentándose sobre los tobillos, y se limpió la cara.

Josey pensó que debía decir algo, pero no fue capaz de articular palabra. Si él se ofendió, no lo demostró. Con una sonrisa, se inclinó hacia la mesilla y tomó los preservativos. Con un rápido movimiento, abrió el paquete y se puso uno. Entonces, se tomó su tiempo en besarla de nuevo, en el cuello, en los labios.

Ella estaba más mojada que nunca.

–Dime si voy muy rápido –pidió él, mientras apoyaba su erección en la entrada de ella.

–Vas bien.

–Tú eres perfecta.

Ben la penetró despacio, mientras el cuerpo de ella se amoldaba su enorme miembro, llenándola.

–Josey –musitó él.

Entonces, comenzó a moverse. Hacia delante y hacia atrás. Sus cuerpos se fundían en un mismo ritmo, cada vez más rápido.

En esa ocasión, cuando el mundo explotó a su alrededor, Josey gritó su nombre.

Con un rugido de satisfacción, Ben la penetró con más fuerza. Todavía vibrando por el clímax, ella se agarró a él. Y un tercer orgasmo la recorrió, al mismo tiempo que su amante caía sobre ella.

Nunca se había sentido tan llena en su vida.

–Encajamos bien –dijo él, un poco impresionado.

Ella sonrió. Encajar no lograba describir del todo la manera en que sus cuerpos se habían convertido en uno solo.

–Sí.

–Encenderé la luz –dijo él, se levantó y salió del dormitorio.

Vaya. ¿Cómo era posible que tuviera un trasero tan perfecto? ¿Sería por el gimnasio? ¿Por la moto?

Al otro lado de la pared de cristal, la luz se encendió. Josey se cubrió con la sábana, todavía con la cabeza dándole vueltas.

¿Qué pasaría a continuación?

Capítulo Ocho

En el baño, Ben sacó un juego más de toallas del armario y lo dejó sobre el mostrador.

Había necesitado toda su fuerza de voluntad para ir despacio. Cuando la había visto desnuda, había estado a punto de poseerla en ese mismo instante.

Josey estaba envuelta en la sábana con un aspecto sensual e inocente al mismo tiempo. Sonrojada, posó los ojos en su masculinidad. Perfecto, pensó él. De ninguna manera iba a llevarla de regreso a su casa esa noche. Necesitaba saber qué cara tenía por la mañana.

–¿Quieres que te traiga algo? Hay toallas y un albornoz en el baño –señaló él, queriendo dejar claro que esa noche no pensaba dejarla marchar.

–¿Agua? –pidió ella con voz tímida, aunque no podía dejar de admirar su cuerpo de Adonis.

–Agua, marchando –dijo él y se dirigió a la cocina en busca de una botella de San Pellegrino.

Cuando regresó, como había esperado, ella estaba en el baño. Al menos, había dejado su ropa en el dormitorio. Eso era buena señal, se dijo.

–¿Ben? ¿Tienes un peine?

–En el cajón de arriba a la izquierda.

–Gracias.

Josey tenía mucho pelo. Probablemente, iba a tardar un rato, caviló Ben, tumbándose para esperar. Estaba agotado. Eran cerca de las doce de la noche, la hora en que normalmente solía acostarse. Por lo general, le costaba conciliar el sueño pero, en ese momento, no se sentía capaz de mantener los ojos abiertos. El sexo enérgico podía hacerle eso a un hombre.

–¿Esto es agua? –preguntó Josey a su lado.

–San Pellegrino. La que sale del grifo no sabe bien –repuso él, abriendo los ojos. Bostezó y dio una palmadita al colchón, invitándola a su lado.

Ella se quitó el albornoz. Su cuerpo al trasluz era lo más sexy que Ben había visto.

–Josey –murmuró él, sin saber qué decir a continuación.

Sin titubear, ella se acurrucó a su lado, rozándolo con el suave calor de sus pechos. Él la abrazó y comenzó a quedarse dormido.

–¿Ben?

–¿Sí?

–¿Por qué compraste esas cosas para la escuela?

Por la forma en que se lo preguntó, con tono serio y calculado, Ben sospechó que debía poner atención en la respuesta. Podía caer en una trampa.

–¿Fue solo para impresionarme o...?

Sí, diablos. Había querido impresionarla. Había querido hacerle pensar que era el mejor.

A ella se le aceleró el corazón y se le tensaron las manos sobre el pecho de él.

–No tenías que gastarte todo ese dinero para que me acostara contigo. Lo habría hecho de todas maneras. Quería hacerlo.

–No lo hice para eso –dijo él con tono más áspero del que había pretendido.

Ella se apartó.

Ben la tomó en sus brazos.

–Quieres saber por qué te dije que no podía darte dinero y, luego, te compré esas cosas.

Tal vez, la había asustado, porque ella no respondió. Solo asintió. Al menos, no se zafó de su abrazo.

Por qué. Era una buena pregunta. ¿Por qué se había gastado tanto dinero en comprar cosas para la escuela? En parte, había sido para impresionarla, pero no era la única razón.

Al cerrar los ojos, recordó cómo el desprecio de Don Dos Águilas se había convertido en respeto y cómo aquellos niños habían empezado a mirarlo y lo habían hecho con admiración.

–Mi padre está avergonzado de mí –confesó él con amargura.

–¿Qué? –preguntó ella con indignación, como si no pudiera comprenderlo–. Diriges una empresa y tienes una casa preciosa y…

–No soy un hijo del que pueda sentirse orgulloso o alardear delante de sus amigos. Para él, soy solo un cerebrito que nada más entiende de números.

En la oscuridad, ella apoyó la barbilla en su pecho.

–Pero tocas en una banda…

–La única vez que vino a vernos tocar fue la noche en que Bobby ocupó el lugar del cantante. No le importó porque no me parezco a él, como Billy, ni me parezco a nuestra madre, como Bobby. No puedo ser la persona que él quiere –admitió Ben. Y lo había intentado mucho…

–Pero…

–No importa –aseguró él. Y era verdad. Allí, con ella, su padre nunca le había importado menos–. ¿Y los demás? Piensan que soy un cerdo arrogante con corazón de piedra que solo sabe sumar.

Josey dio un respingo de indignación.

Lo que pensaran los demás no tenía ningún valor, se dijo Ben. Estaba abrazando a una mujer hermosa. Y ella lo abrazaba también.

–¿Por qué compraste esas cosas? –volvió a preguntar Josey.

–Supongo que quería demostrar que yo no era todas esas cosas. Quería probártelo a ti.

Era la verdad. Quizá, esa era una de las cosas que le atraía de ella. Josey esperaba algo mejor de él.

–No me he acostado con un cerdo arrogante –señaló ella, mirándolo a los ojos–. He venido a casa de un hombre que deja que los artistas le paguen el alquiler con cuadros. Un hombre que compró tambores para unos completos desconocidos para que no tuvieran que compartir solo uno. Un hombre lo bastante listo como para dirigir una empresa y lo bastante loco para tocar en una banda de rock. Un hombre que se asegura de que las damas vayan primero. Me he acostado con un verdadero caballero –afirmó, y lo besó con suavidad–. Buenas noches, Ben –susurró, se tumbó y lo abrazó.

–Mi Josey –murmuró él, antes de quedarse dormido con una extraña sensación de felicidad en los labios.

Ben se despertó como siempre, al amanecer. Josey estaba tumbada boca abajo a su lado, con el pelo hacia un lado y la espalda al descubierto. Había pasado mucho tiempo desde la última vez que se había despertado deseando a una mujer. Se inclinó y le apartó un mechón de pelo de la mejilla. Debería dejarla dormir. Eso era lo que hacían los caballeros. Y ella pensaba que era un caballero.

Aunque, tal vez, estaba equivocada.

Cuando le recorrió la cara con la punta de un dedo, ella abrió los ojos.

–Hola.

Nada más escuchar su sensual voz, aún adormecida, Ben tuvo una poderosa erección. Parecía un adolescente hambriento de sexo, se reprendió a sí mismo.

Pero esa mujer tenía algo que lo volvía loco. Cuando ella sonrió con picardía, Ben no necesitó más invitación que esa. Se tumbó con ella y, tomándola en sus brazos, la colocó encima de él.

Josey se estiró como un gato después de la siesta y la sábana se le escurrió con el movimiento, dejando sus pechos al desnudo. Él los había visto la noche anterior, pero a plena luz eran todavía más deliciosos.

Inclinándose hacia delante, capturó uno de ellos en la boca. Ella apretó las caderas contra él, frotándose contra su erección.

Ben sabía que debía ir despacio. Debía asegurarse de que estaba preparada. Sin embargo, ella se movía de una forma... ¿Dónde estaban los preservativos?

Echando mano de toda su fuerza de voluntad, se apartó un momento para buscarlos en la mesilla de noche. Todo lo rápido que pudo, se puso uno y volvió a colocarse donde estaba.

—Ve despacio —pidió él, mientras ella lo envolvía con su húmeda calidez—. Quiero verte.

Asintiendo, Josey cerró los ojos. Ben ansiaba ver lo que ella haría en esa situación de poder, sentada encima de él.

Con pequeños gemidos de placer, ella se balanceó poco a poco hacia delante y hacia atrás, mientras la penetraba.

Cuando lo tuvo dentro del todo, se quedó parada un momento y se arqueó hacia atrás, al mismo tiempo que él se deleitaba tocándole los pechos y los firmes glúteos.

Algo en la manera en que ella se movía, la forma en que su cálido interior le daba la bienvenida... era diferente a todo lo que Ben había experimentado antes.

—Eres tan preciosa —fue lo único que su cerebro acertó a articular.

Aunque la tentación de dejarse llevar era demasiado grande, Ben se obligó a prestar atención a todos los gestos y señales de su compañera. Cuando se mordía el labio, significaba que algo le gustaba mucho. Le encantaba que le presionara suavemente los pezones. ¿Y cuando llegaba al orgasmo? Se estremecía, se quedaba quieta y se derrumbaba encima de él entre jadeos, apretándolo con su cuerpo, obligándolo a llegar al clímax también.

Parecía que estaba hecha para él.

Josey se inclinó hacia delante y lo besó, mientras lo dejaba salir.

–Buenos días.

–¿Solo buenos? Lo intentaré con más ahínco la próxima vez.

Ella sonrió.

Cielos, daría lo que fuera por pasarse el resto del día con ella también, se dijo Ben. Pero era jueves y el trabajo lo esperaba.

–¿Cuándo puedo verte otra vez?

–Hoy tengo varias reuniones. Y mañana tengo que ir a la reserva –contestó ella, un poco sonrojada.

–¿Qué tal mañana por la noche? Tengo ensayo con la banda después del trabajo, pero enseguida me quedaré libre. Podrías venir –propuso él y, al notar que los ojos de ella se ensombrecían, adivinó que no había hecho la pregunta correcta–. A cenar.

–¿Cocinas?

–Algo se me ocurrirá –contestó él, pensando que a Gina y Patrice les tocaba ir a su casa y les pediría que le prepararan algo–. Luego podríamos ver una película –añadió. Y hacer el amor, se dijo.

La alarma del reloj avisó de que eran casi las siete.

–Tengo que irme a trabajar –indicó él y, con un rápido beso, se levantó–. ¿Adónde quieres que te lleve?

–No creo que al decano de la universidad le parezca bien que me presente a la reunión con una chaqueta de motera –repuso ella con una sonrisa–. Tengo que ir a casa a cambiarme.

–¿Pero volverás?

–Sí –afirmó ella, saliendo de la cama con la sábana alrededor–. Me gustaría.

Cuando Ben la dejó en la puerta de su apartamento con un beso y la promesa de verla al día siguiente, a Josey solo le quedaba una hora para ducharse e ir a su cita en la universidad.

De camino, llamó a su madre para decirle que seguiría ayudando en la escuela el sábado por la tarde y todo el domingo.

–Oh, Ben Bolton igual viene el domingo –añadió ella con tono desapegado.

–¿Lo has pasado bien? –preguntó su madre tras un momento de silencio.

–Sí, mamá. Es muy agradable.

En realidad, era un hombre muy complicado y difícil de describir. Pero su madre tendría que conformarse con ese adjetivo.

Dándole vueltas, empezó a caer en la cuenta de lo diferentes que eran sus mundos. Sin ir más lejos, el estudio donde ella vivía tenía el tamaño de una caja de zapatos comparado con su enorme casa.

¿Cuánto tiempo pasaría hasta que él comenzara a mirarla por encima del hombro, como había hecho Matt? ¿Cuándo empezarían a mirarlo con recelo en la tribu, como habían hecho con su abuelo? ¿En qué momento dejarían de apreciar los regalos y empezarían a tratarlo de nuevo con el desprecio con que veían a los hombres blancos?

Aunque el problema no era Ben.

Matt nunca había ido a la reserva. Nunca había conocido a su tribu. Solo unas pocas personas, como su madre, habían visto su foto o sabían que le había roto el corazón. Sin embargo, todo el mundo en la reserva conocía a Ben. ¿Cuánto tardarían en tildarla de traidora por juntarse con un hombre blanco?

No debía ser ridícula, se reprendió a sí misma. Sí, era lógico que hubiera rumores en la tribu si tenía una relación con un hombre blanco. Aunque ella sabía lo que quería. En vez de dejarse desviar por cada crítica que recibiera, debía ser capaz de centrarse en el presente.

Ben era un encanto. Le apetecía mucho cenar con él. Y ansiaba conocerlo mejor. Esperaba que él sintiera lo mismo.

El sexo había sido increíble. Inolvidable.

Pero ella quería más.

Capítulo Nueve

Josey aparcó delante de la casa de Ben, junto a una furgoneta que se parecía a la de su compañero de banda, Stick. En cuanto abrió la puerta, el sonido de los amplificadores la envolvió. Llegaba temprano. Todavía estaban ensayando.

Agarró la bolsa con ropa de cambio que había llevado y titubeó un momento. No sabía si ir a verlos pues, aunque le gustaba ver tocar a Ben, no podía olvidar los groseros comentarios que habían hecho los otros dos miembros del grupo la otra noche. Igual era mejor que lo esperara en una de las salas de estar del piso de arriba.

Nerviosa, marcó el código que Ben le había dado para poner en marcha el ascensor. Se sentía un poco extraña, entrando en su casa como si tuviera derecho a ello. Pero había sido él quien le había dado instrucciones de hacerlo el día anterior, se recordó a sí misma.

Cuando las puertas del ascensor se abrieron en la última planta, oyó música. ¿No estaba Ben ensayando con la banda?

–¿Hola? –llamó ella, un poco encogida, pero el sonido del piano ahogó su llamada. No había nadie a la vista.

Sin Ben, aquella casa la intimidaba, tan grande y tan vacía.

Entonces, se dio cuenta de que había luz al fondo, donde estaba la cocina.

–¿Hola? ¿Ben?

Una cabeza femenina asomó detrás de un armario.

–¡Ay, hola! Llegas pronto.

–¿Cómo? –preguntó Josey, paralizada.

La mujer, pelirroja y con *piercings* en nariz, orejas y cejas, apretó un mando de control remoto. La música se apagó.

–Vaya. Me dijo que eras guapa, ¡pero mírate! –exclamó la pelirroja con un silbido–. ¡Cariño! ¡Ven a conocer a la chica nueva!

–¿Eh? ¿Qué? –balbució Josey, la cabeza dándole vueltas. Había creído que Ben vivía solo. ¿Qué era todo eso?

Al oír pasos detrás de ella, se giró y vio a otra chica con aspecto punky, los ojos exageradamente pintados, el pelo negro azabache y mirada depredadora.

–No era lo que me esperaba.

Pues ya eran dos, pensó Josey, anonadada. Esas mujeres actuaban como si la conocieran.

–¿Así que Ben y tú...? –insinuó la segunda mujer, caminando hacia la primera. Sin darle tiempo a responder, rodeó a la pelirroja con un brazo y la besó en el cuello.

Josey decidió que, si mostraba su desconcierto, esas dos se la comerían viva.

–Sí. Ben y yo.

–Le gustas –comentó la pelirroja, acomodándose entre los brazos de la otra.

–¿Sí?

Las dos mujeres sonrieron.

–Siempre he querido saber si es bueno.

–¿Qué? –replicó Josey, sin poder evitarlo, dando un paso atrás.

–Si yo tuviera que elegir a uno de los Bolton, elegiría a Ben.

–¿De verdad? –intervino la pelirroja, lanzándole una mirada a su compañera–. A mí me gusta más Bobby. Pero Billy, no. Me da miedo.

–Claro que prefieres a Bobby –contestó la morena–. Pero a mí me va más Ben. Es serio e intenso. Apuesto a que es bueno en la cama. ¿Verdad?

Las dos se giraron expectantes hacia Josey, que estaba dando otro paso atrás.

–Bueno…

La pelirroja se volvió hacia su compañera.

–No te lo discuto. Pero seguro que Bobby no desaprobaría hacer un trío. Si me voy a acostar con un hombre, querría que fuera contigo a mi lado. Y a Bobby le volvería loco vernos a ti y a mí en acción, cariño. Sin embargo, Ben nunca entraría en ese juego. Es hombre de una sola mujer.

–Oh, cariño, eres un amor –replicó la morena y besó a la otra en la boca.

La situación estaba fuera de control por completo, se dijo Josey. Lo mejor que podía hacer era dar media vuelta e irse. Cuando estaba dando otro paso atrás, se chocó con algo duro, caliente y húmedo.

Unos largos brazos la rodearon de la cintura.

—Has venido —le susurró Ben al oído—. ¿Has conocido a las chicas? Ah —dijo, y suspiró con frustración al ver a las otras dos haciéndose arrumacos—. ¡Parad ya! —gritó.

—Vaya. Nos has pillado, jefe.

¿Jefe? ¿Qué diablos?

—¿Ya conoces a las chicas?

—Solo un poco —contestó ella con timidez.

—Josey Pluma Blanca, esta es Gina Cobbler —presentó él, señalando a la pelirroja—. Y Patrice Harmon. Son las artistas de las que te hablé. Vienen a limpiarme la casa.

—También cocinamos —puntualizó Gina.

Josey suspiró aliviada. Por un momento, había pensado que Ben le había hecho una encerrona con dudosas intenciones.

—¿Estás bien? —le preguntó él al oído.

—Eso creo —contestó ella. Al menos, estaba mucho mejor que diez minutos antes.

—Bien. Ahora voy a ducharme.

—Nos ocuparemos de ella —se ofreció Gina—. Le enseñaremos la casa.

—Ya se la he enseñado —dijo él mientras se alejaba, quitándose la camiseta.

—Hombres —protestó Gina—. Seguro que te ha enseñado lo obvio, la cocina, el gimnasio, la sala de cine, esas cosas.

—Bueno, sí —admitió Josey, mirándolas a ambas

con cautela. Al menos, Gina parecía más amistosa que Patrice–. ¿Hay más?

–Si vas a pasar algún tiempo aquí, como parece que harás, pues te ha dado los códigos de las puertas y del ascensor, tendrás que conocer la casa mejor.

¿Ah, sí?, caviló Josey. Tras un momento de estupefacción, se dio cuenta de que lo mejor que podía hacer para tomar el control de la situación era recurrir a la misma estrategia que había empleado con la dependienta de Crazy Horse. Los halagos podían abrir cualquier puerta.

–Tienes razón. Y la cena huele genial.

–¡Gracias! –repuso Gina con una sonrisa–. Es uno de los platos favoritos de Ben.

En quince minutos, Josey aprendió dónde estaban los platos y cubiertos, cómo encender ambas televisiones, cómo encender la cinta de correr, qué frigorífico guardaba el vino blanco y dónde estaba el vino tinto. Aprendió a encender las luces y a manejar el hilo musical. Incluso descubrió dónde estaba la escalera.

Se enteró de que las chicas habían conocido a Ben hacía cuatro años en una exposición a la que él había asistido con una mujer.

–Fue la primera y la última vez que la vimos. No le gustaba el arte. Tú tienes algo que ver con una escuela, ¿no? A Patrice le encantan los niños. Igual podríamos ir a tu escuela, ¿no? Ben no nos ha dicho si ya tenéis profesora de arte, pero todos los niños deberían aprender a pintar un lienzo alguna vez.

Josey solo tuvo tiempo de asentir. Gina hablaba muy rápido. Mientras, Patrice desapareció con la camiseta sucia de Ben en la mano.

–Se va a poner la lavadora –informó Gina–. Ben no la pone nunca. Nos encargamos nosotras cuando venimos.

–¿Y cada cuánto tiempo venís?

–Una vez cada quince días –contestó Gina, y corrió a la cocina cuando sonó la alarma del horno–. Le dejo preparados varios platos para que solo tenga que calentarlos cuando vuelve a casa. A cambio, él nos deja un espacio estupendo para vivir y trabajar, donde podemos llevar a quien queramos. Nos encanta vivir allí –señaló, y le lanzó una seria mirada a Josey–. Es un hombre bueno, aunque no quiere que nadie lo sepa. No le hagas daño.

–No lo tenía planeado.

–Bien –replicó Gina y, al momento, siguió charlando a toda velocidad sobre temas superficiales, como las fiestas que Ben hacía de vez en cuando allí, donde se mezclaban hombres de esmoquin con moteros de cuero–. Hemos conocido a Brad Pitt. Había encargado una moto y vino a buscarla en persona. También a Jack Nicholson.

–Vaya –dijo Josey, impresionada.

–Sí –continuó Gina–. Ben está guapísimo con esmoquin. Si yo no fuera lesbiana... O, igual, no. Sería como acostarme con mi hermano, ¿sabes? Puaj.

–Um...

–¿Has visto los cuadros? Los abstractos los ha

pintado Patrice. Es muy buena. Hizo una exposición en Denver hace meses.

–Vaya –comentó Josey–. ¿Y tú?

–Me dedico a los retratos. Tardo meses en cada uno. Soy muuuuy lenta.

–Este de aquí es suyo –señaló Patrice, indicando hacia la biblioteca, con un cesto con ropa doblada en la mano–. Es el favorito de Ben.

Gina le tiró un beso a su novia.

–¡Eres un amor!

Antes de que las dos se pusieran demasiado cariñosas de nuevo, Josey decidió que lo mejor era quitarse de en medio e ir a ver el cuadro en cuestión.

El retrato era del tamaño de un folio y estaba rodeado de libros en las estanterías. La mujer retratada tenía el pelo rubio como el sol y una sonrisa radiante dirigida al espectador. Era joven y hermosa.

–Es muy bonito –indicó Josey, esforzándose en concentrarse en el mérito artístico de la obra y no en los celos irracionales que sentía hacia la modelo.

–Es mi madre.

Josey se sobresaltó. No había oído entrar a Ben. Estaba descalzo, con el pelo mojado y llevaba una camiseta gris y vaqueros. ¿Cómo podía estar tan guapo?

–Es muy guapa –dijo ella, observando el cuadro–. Tienes sus ojos.

Ben la abrazó. A ella le encantaba cómo se

amoldaban sus cuerpos. A su lado, su enorme y extraña casa le resultaba cómoda y acogedora.

—Bobby se parece a ella más que yo.

—¡La cena está en la mesa! ¡Adiós! —dijo Gina a lo lejos, y se oyó cómo cerraban la puerta.

Estaban solos. Ben la besó.

—Bueno —dijo ella, aclarándose la garganta.

—Bueno —dijo él y, durante un momento, se quedaron allí parados, abrazados—. Es mejor que comamos antes de que se enfríe —propuso y, tomándola de la mano, la llevó al comedor.

En la mesa, los esperaban patatas al horno, ensalada de brotes frescos, pan casero y algo que parecía carne asada. También había una botella abierta de vino tinto y dos velas encendidas.

—¿Cómo te ha ido la reunión en la universidad?

Josey sonrió. Sabía que no se lo preguntaba por compromiso. Por cómo él la miraba, era obvio que le interesaba la respuesta.

Mientras saboreaba la excelente cena, le contó que le había ido bien y que, como ya no tenía que preocuparse por conseguir material para la escuela, se estaba concentrando en lograr que la universidad del estado certificara su programa.

—Nos han dado un certificado provisional. Está pendiente de que Don termine unos estudios sobre aprendizaje infantil. Todavía no se lo he dicho.

—Uy, deberías vender entradas para esa conversación. Yo te compraría una.

—No te creas que no lo he pensado —bromeó ella, riendo. Sabía que a Don no le iba a gustar…

–¿Y qué me dices de ti? ¿Dónde solías trabajar antes? ¿Siempre te has dedicado a recaudar fondos?

–Empecé a hacerlo para el Hospital de la Universidad de Nueva York. Mi abuelo estaba en el equipo directivo.

Ben se quedó callado un momento, pensativo.

–¿El mismo abuelo que te dejó un generoso fondo fiduciario?

–El mismo.

–No eres como las ricas herederas que he conocido –comentó él con una críptica sonrisa.

–¿Alguna se apellidaba Pluma Blanca?

–Buena observación.

Josey dejó su copa. ¿A cuántas ricas herederas había conocido Ben?

–Mi bisabuelo, Harold Stewart, era banquero. Llevaba los asuntos de J. P. Morgan II. No sé si lo sabes, pero Morgan sentía fascinación por los indios americanos. Y Harold decidió ir en persona a las llanuras donde estaba la reserva para conocerlos. Se fue con su hijo pequeño, mi abuelo George.

Ben esperó a que continuara. Era una maravilla estar con un hombre que sabía escuchar, pensó ella.

–Se les pinchó una rueda a cuarenta kilómetros de Wall, en Dakota del Sur. Un lakota llamado Samuel No Respeta a Nadie los encontró.

–¿Cuántos años tenía George?

–Diez. Se pasaron todas las vacaciones de verano con Samuel. Harold compró todo lo que pudo en la reserva. Les dejó más dinero del que habían visto en su vida –explicó ella. Harold había comprado el respeto de la tribu con su dinero. Se preguntó si Ben estaba haciendo lo mismo.

–¿Y Sam lo invitó a volver?

–Todos los veranos durante el resto de su vida. Cuando Harold murió, en 1952, Sam viajó a Nueva York para ir al funeral –contó ella con una sonrisa. Esa era la parte de la historia que más le gustaba–. Llevó a su nieta, Mary. Y ella se quedó.

A Josey, siempre le había parecido una historia muy romántica, la de dos amantes de mundos distintos que habían encontrado la manera de estar juntos a pesar de todo. Mirando a Ben, se preguntó si su abuela habría sentido algo parecido por su abuelo.

–¿Entonces la nieta de Samuel era tu abuela?

–Y mi madre fue su única hija. Mis abuelos estaban muy enamorados –le confió ella. Esa era la gran verdad que le recordaba que debía mantener la cabeza bien alta.

Sus abuelos se habían querido hasta el día de su muerte. La demencia que le llegó a robar la razón a su abuela no logró nunca borrar su amor por su marido. Incluso, cuando no había sido capaz de reconocer a nadie, se había sentado con fotos de la primera visita de George a la reserva, cuando él había tenido diez años y ella, seis, y le había contado a todo el mundo lo mucho que le había gustado aquel niño.

Josey solo se había tomado un par de vasos de

vino y ya se le estaban empañando los ojos al recordar. Sonándose la nariz, intentó recuperar la compostura.

Ben esperó unos instantes antes de hablar.

—Es una historia muy bonita.

Ella sonrió. Era una novedad estar sentada con un hombre que mostraba interés genuino por lo que le contaba. Además, ¿a cuántas personas conocía que no se rieran al oír pronunciar el nombre de un indio llamado Samuel No Respeta a Nadie?

En realidad, solo a él.

Ben se puso de pie y empezó a recoger la mesa.

—Entonces, ¿dices que Gina te ha contado muchas cosas?

—Muchísimas —respondió ella, ayudándole a meter los platos en el lavavajillas.

—Al menos, no sabe dónde guardo mis fotos de niño —comentó él, riendo. Después de cerrar el lavavajillas, le lanzó una misteriosa mirada a su acompañante—. ¿Sabes jugar al billar?

Capítulo Diez

Josey estaba junto a la mesa, con un palo en la mano, meciéndose al ritmo de la música de John Legend que Ben había puesto. La forma en que movía las caderas bastaba para distraerlo de las bolas.

–¿Juegas mucho al billar?

–Cuando tengo con quien. Stick solía venir de vez en cuando, pero ahora tiene novia. Bobby juega por dinero, pero se enfada cuando pierde. Billy jugaría si lograra sacarlo del taller alguna vez –contestó él, apuntó y metió otra bola en su agujero.

–¿Puedo hacerte una pregunta?

–No necesitas pedirme permiso. Dispara.

–¿Por qué vives en el antiguo taller? ¿Y por qué es mucho más grande que el nuevo?

Ben se tomó un momento para hacer su jugada sobre la mesa.

–Crecí aquí. Es mi hogar.

–¿De verdad?

–Sí. Antes, Crazy Horse no hacía motos a medida. Tenía una serie de modelos y contrataba a unos hombres para que los ensamblaran en cadena. Cuando el negocio fue creciendo, mi madre se encargó de la contabilidad. Siempre que no estábamos en el colegio, los tres hermanos nos pasábamos aquí todo el tiempo. A mi madre le gustaba mantener a la familia unida, por eso nos traía siempre a la fábrica.

—Debió de ser difícil.

—No era tan malo. Siempre que no rompiéramos nada, nos daban bastante libertad. Construíamos fuertes con las cajas vacías y hacíamos guerras de herramientas.

Ella lo miró con incredulidad.

—¿Os tirabais las herramientas unos a otros?

—Eh, solo le rompí un diente a Bobby una vez —repuso él con gesto inocente.

Josey se quedó con la boca abierta un momento, mientras Ben seguía tirando.

—Bueno… Entonces, la nueva fábrica…

—A Billy no le gusta la producción en masa. Convenció a mi padre de que era mejor hacer una moto por encargo bien hecha que cien motos del montón. Logró que Bobby lo respaldara y yo me ofrecí a ocuparme de la contabilidad. Mi padre no estaba muy de acuerdo, pero comprendió que, si los tres hermanos estábamos en el mismo barco, iba a ser muy difícil imponernos su punto de vista. Así que cambiamos el modelo de negocio y nos mudamos de fábrica. Eso fue hace seis años.

—Entiendo —dijo ella, mirando a su alrededor—. Me gusta cómo has transformado el sitio.

—Seguro que Gina te ha dicho que el mérito es casi todo suyo.

—Tal vez —repuso ella, riendo, y se inclinó sobre la mesa para hacer su tirada.

140

Ben contuvo la tentación de palparle el apetecible trasero. No sería muy ético hacerlo justo cuando iba a tirar, así que se conformó con mirar.

–¿Crees que es pretencioso tener artistas como asistentas?

–Y cocineras –puntualizó ella, después de meter dos bolas en sus agujeros–. ¿Alguna sorpresa más? ¿Escondes a mimos en el sótano?

–Nada de mimos –contestó él, hipnotizado todavía por su trasero–. ¿Y tú?

–No tengo a nadie parecido a Gina. Un momento –dijo ella y, en seis tiradas consecutivas, dejó limpia la mesa.

Ben se quedó mirando anonadado.

–¿Me estabas dejando ganar?

–Solo quería observar cómo juegas –contestó ella con mirada inocente.

Cielos, qué mujer, se dijo él, boquiabierto.

–Ya me he cansado de jugar –señaló ella, dejó el palo, tomó el rostro de él entre las manos y lo besó–. ¿Y tú?

–También –dijo él con una tremenda erección.

El espacio se le hizo interminable a Ben mientras la llevaba hasta la cama. Ella llevaba puesto un conjunto de ropa interior rojo delicioso. Él deseó tener la voluntad necesaria para seducirla muy despacio. Sin embargo, en cuanto la vio desnuda, le faltó tiempo para sacar el preservativo de la mesa y ponérselo.

Mientras la poseía, Josey se arqueaba contra su cuerpo y le clavaba las uñas en la espalda, no lo

141

bastante como para hacerle daño, pero sí para excitarlo todavía más. Era una mujer deliciosa. Justo en el momento adecuado, ella gimió su nombre, mientras lo rodeaba con las piernas por la cintura. Él quiso ir despacio, pero no fue capaz…

Después, se quedaron abrazados en la cama.

—Esto me gusta.

—¿Solo te gusta? La próxima vez, me esforzaré más —contestó ella, y bostezó. Por debajo de las sábanas, le acarició la pierna con un pie.

—Me refiero a todo. La cena, el billar… y esto. Me gusta todo. Me gustas tú.

Josey se quedó muy quieta un momento antes de contestar.

—A mí también me gustas.

Ben volvió a sentir esa extraña sensación de felicidad que se le escapaba de las manos.

Lo más curioso es que se estaba acostumbrando a ella.

—Vaya, vaya —dijo Jenny, lanzándole una brocha a Josey—. Mira quién ha vuelto.

—Solo he estado fuera tres días —se defendió ella.

—¿Qué tal está el hombre en cuestión? —preguntó Jenny, decidida a conocer toda la verdad.

Era la segunda vez en el día que alguien le hacía esa pregunta, y no tenía intención de responder.

—¿Has hablado con Jared hace poco? En el *powwow* se sentía un poco solo…

142

–Buen intento –repuso Jenny con una carcajada–. Pero a mí no me engañas. Te presentas en el *powwow* con el señor fantástico, desapareces tres días seguidos… ¿y crees que nadie va a sumar dos y dos?

Oh, cielos, ¿había rumores sobre ellos?, se preguntó Josey con ansiedad. Cuando se encontrara con Don, la miraría a los ojos o la ignoraría para demostrarle su desaprobación.

No, se dijo. No podía dejar que la gente la juzgara. Ella sabía lo que quería. Y, en ese momento, no quería hablar de su vida privada. Necesitaba actuar con normalidad.

–Espero que ciertas personas se metan en sus propios asuntos –dijo al fin Josey, mirando a su prima a los ojos.

–Oh. Eso quiere decir que te va muy mal con él. O muy bien –comentó Jenny, aplaudiendo–. ¿Vive en un garaje o en un palacio?

–Si te lo cuento, ¿podemos seguir pintando?

Jenny asintió.

–¿Y no se lo contarás a nadie? –preguntó Josey. Cuando su prima volvió a asentir, suspiró–. En realidad, vive en una especie de garaje remodelado como palacio.

–¿No me digas? Apuesto a que el tipo te gusta mucho.

Debía mantener una actitud de naturalidad, se dijo Josey. Era inevitable que la gente hablara, pero ella debía actuar con normalidad, se recordó a sí misma.

—Es agradable. ¿Recibiste mi mensaje sobre el certificado de estudios de la universidad?

—Por tercera vez, cambias de tema. Debe de gustarte mucho, mucho.

—De acuerdo. Me gusta mucho. ¿Contenta?

—Pareces feliz —observó Jenny, tras ponerse en jarras y ladear la cabeza—. Siempre actúas como si tuvieras que hacer un gran esfuerzo por demostrar que te gusta estar en esta reserva en medio de ninguna parte. Pero hoy pareces realmente feliz.

Por eso Josey adoraba a su prima. A pesar de que Jenny era una lakota de pura sangre, era una de las personas de la tribu que nunca le echaba en cara ser una mestiza.

Por primera vez desde que había llegado esa mañana, Josey respiró tranquila. Si su madre y Jenny seguían tratándola igual que antes, no le importaba que el resto de la gente desaprobara su relación con Ben.

—Me dio las llaves… bueno, los códigos de entrada de su casa.

Jenny silbó.

—¿Cuántas noches has estado con él?

—Dos.

—¿Y va a venir mañana?

—Cenaremos en casa de mi madre. Primero, se lo tengo que decir a ella, claro —confesó Josey, nerviosa. No sabía cómo iba a reaccionar su madre cuando supiera que se estaba arriesgando a que otro hombre blanco le rompiera el corazón.

Terminaron de pintar en menos de una hora.

Jenny dejó la brocha en el cubo y se frotó las manos.

–¿Es el hombre perfecto?

Josey pensó en la obsesión de Ben por tener el control, en su conflicto con la familia y en su gusto por el color gris. Rio.

–No. Nada perfecto.

–¿Pero es rico?

–Sí.

–¿Guapo?

–Mucho.

–¿Y va a traernos más material para la escuela?

–Ese es el plan.

Jenny suspiró, frunciendo el ceño. Luego, sonrió.

–¿Tiene un hermano?

Billy estaba en el taller a las diez de la mañana del sábado. Saludó a Ben con un gruñido.

–¿Qué haces aquí?

–Trabajo aquí. ¿Qué tal va el triciclo?

–¿Es por la misma mujer o por otra? –preguntó Billy, frunciendo el ceño.

Ben prefirió no responder. Dio una vuelta alrededor del triciclo al que su hermano estaba poniendo el motor.

–Tiene buena pinta.

Billy siguió trabajando sin decir nada, mientras Ben se sentó pensativo en una banqueta. No podía sacarse a Josey de la cabeza, su mirada recién despierta, la forma en que gemía su nombre. Hacía mucho que él no construía una moto. Si le hacía una a ella, ¿querría Josey montarla? ¿Le gustaría?

Como no iba a poder verla durante dos días más, era mejor que intentara pensar en otra cosa, se dijo, y posó la vista en unos catálogos de caras herramientas que Billy tenía sobre la mesa.

Entonces, recordó cómo los chicos de la reserva se habían quedado impresionados al ver su moto.

Eso era, pensó Ben.

–Billy.

Su hermano se sobresaltó y maldijo cuando una llave inglesa le cayó en el pie.

–¿Qué quieres?

–¿Enseñarías a unos niños a construir motos?

–¿De qué diablos hablas?

–En la escuela de Josey… los niños quieren construir una moto. Quieren venderla para sacar dinero para el colegio.

–Así que tiene nombre.

Ben ignoró su comentario.

–Eres tú quien alaba al señor Horton por cómo te enseñó a hacer lo que más te gusta. Y por cómo te trataba con respeto sin pedirte nada a cambio. Ahora, si tú no quieres enseñar a niños a los que nadie quiere enseñar… –dijo Ben, y comenzó a salir por la puerta.

–Espera un momento –rugió Billy tras él.

–¿Sí?

Billy se tomó casi diez minutos para responder.

–No podemos tener a niños en el taller.

–Están construyendo un taller en su escuela. A Josey le encantaron las herramientas que les donaste.

–No se puede construir una moto con eso –dijo Billy tras otra larga pausa.

Ben sonrió para sus adentros. Ya había pensado en eso.

–Sí. Tienes razón. No es fácil encontrar el material adecuado.

Billy murmuró algo para sus adentros, mientras Ben tomaba en la mano el catálogo de materiales de última generación que había sobre la mesa. Se le había ocurrido un plan. Si compraban nuevas herramientas, podrían donar las viejas a la escuela. Billy estaría encantado con tener nueva tecnología a su disposición, su padre podría deducir impuestos por la donación y Josey estaría feliz. Y el resto de la gente de la reserva también, claro.

Billy se aclaró la garganta y se rascó la barba.

–Justo le estaba diciendo a Jimbo el otro día que este torno está a punto de cascarla. Todavía podría aprovecharse, pero necesita ser recalibrado y eso supone invertir mucho tiempo.

Sin duda, Ben tenía a su hermano justo donde quería.

–El tiempo es dinero.

Billy le devolvió la mirada.

–Pero no sé cómo enseñar a un puñado de niños a construir una moto.

–No te preocupes por eso ahora. Si necesitas nuevas herramientas y material, lo tendrás.

–Sí –repuso Billy, cada vez más entusiasmado–. Llevo tiempo queriendo probar unas cuantas cosas, pero con estos viejos materiales… demasiado arriesgado, ya sabes.

–Va a llevarnos algo de tiempo –añadió Ben–. Tengo que mover el dinero primero, hacer algunas inversiones en Bolsa –puntualizó. También tenía que pensar cómo decírselo a su padre. Aunque no lo dijo en voz alta, Billy adivinó sus pensamientos. Pasar por encima de su padre, en vez de intentar convencerlo, era la única manera, porque el viejo nunca aprobaría la adquisición de tecnología punta. Era acérrimo enemigo de todo lo nuevo.

Iba a tener que trazarse una minuciosa estrategia para conseguirlo, pero una vez que tuvieran allí las nuevas herramientas y Billy se pusiera a producir como un loco, su padre tendría que admitir que Ben era más que capaz de tomar buenas decisiones empresariales. Antes, claro, tendría que sobreponerse al hecho de que sus hijos hubieran pasado por encima de él y le hubieran ocultado sus planes.

Era arriesgado, pero era un riesgo que Ben estaba dispuesto a correr.

–Tengo tiempo –señaló Billy, mirando a su alrededor–. Todo el tiempo del mundo –aseguró con resignación. Luego, se forzó a sonreír–. Tanto hablar de construir motos y llevas años sin construir una.

–La verdad es que estaba empezando a hacerlo –confesó Ben.

Billy meneó la cabeza con incredulidad.

–Esa Josey debe de ser muy especial.

Ben no dijo nada. Había ganado una pequeña batalla y todavía la estaba saboreando.

Además, tenía mucho trabajo por delante.

Después de un fin de semana de limpiar y arreglar su casa a toda velocidad, la madre de Josey estaba lista. Ben se presentó el domingo por la noche con una caja de bombones y una pequeña violeta africana. No dijo nada sobre el viejo remolque al que la madre de Josey llamaba hogar. En vez de eso, alabó lo cómodo que era el sofá y lo acogedor que era el espacio. Observó la foto del padre de Josey, Virgil, y escuchó con atención cuando su madre le hablaba del servicio militar de su marido.

Mientras cenaban pollo frito y patatas asadas, Ben les contó cómo se las había arreglado para donarles herramientas del taller, que sustituirían por otras más nuevas de tecnología punta. También les comentó que sería buena idea que su hermano Billy fuera a visitarlos y ayudara a los chicos a construir una moto que podían luego vender en subasta para recaudar fondos.

Cuando más hablaba Ben, más abría os ojos su madre, que posaba la mirada alternativamente en Josey y en su invitado.

–Es… una idea maravillosa –fue lo único que pudo decir Sandra.

–Tendrán que aprender a manejar todas las

herramientas primero, así que igual no se puede construir la moto hasta dentro de un año –advirtió él con una sonrisa.

Sandra le lanzó a su hija otra mirada de perplejidad.

–¿Tú lo sabías?

–Quería que fuera una sorpresa –contestó él, tomando la palabra por ella con una sonrisa demasiado atractiva.

Ben había querido sorprenderla y, para eso, se había tomado su tiempo para planearlo. Mientras hablaba de los detalles con su madre, una sensación cálida y maravillosa se instaló en Josey. No tenía nada que ver con la manera en que Matt siempre había querido mantenerse al margen de la tribu.

Ben era un hombre con talento para solucionar problemas, se dijo ella. Sin duda, la noche terminaría bien y su madre acabaría encantada con él.

Sin embargo, había algo que inquietaba a Josey. ¿Qué pasaría con Ben cuando ya no hubiera más problemas que resolver? ¿O cuando el problema se saliera de su alcance?

Podía donar herramientas e instrumentos, incluso una moto, pero no podía lograr que la gente lo aceptara más allá de lo superficial. No podía ser miembro de la tribu, por muy generoso que fuera. Justo igual que su abuelo no había sido aceptado de veras por nadie, a excepción de Samuel No Respeta a Nadie y su nieta, Mary. A pesar de todas sus buenas acciones, de toda su generosidad, su abuelo nunca había sido aceptado. De la misma manera, a ella tampoco la había aceptado del todo, aunque se había pasado toda la vida intentándolo. ¿Encontraría ella alguna vez su lugar en la tribu, sobre todo, si tenía una relación con un hombre blanco?

Ese era un problema que Ben Bolton no podía arreglar. Nadie podía.

Josey se reprendió a sí misma por darle tantas vueltas al futuro. Intentó centrarse en el presente. En ese momento, la verdad era que Ben era la respuesta a todas sus plegarias. Era increíble cómo ese hombre se había convertido en parte tan importante de su vida en tan poco tiempo.

Su abuela siempre le había contado que había sabido que se casaría con su abuelo desde el primer momento que lo había visto.

A su madre le había pasado lo mismo. Según contaba, había vuelto a casa en vacaciones de verano y se quedó embelesada viendo cómo un hombre bailaba una danza tribal en su festival anual.

–Yo creo en el amor a primera vista –decía siempre Sandra.

Josey miró a Ben, que le estaba contando a su madre todo el espacio que iban a necesitar para guardar las nuevas herramientas. Ella había pensado que su madre y su abuela habían exagerado sobre el pasado y el romanticismo de sus matrimonios. Nunca jamás ella había sentido nada parecido al amor a primera vista.

Hasta ese momento.

No sabía si eso era amor. ¿Cómo podía saberlo? No tenía forma de medirlo. Nunca había estado enamorada de verdad antes. Solo una vez... pero la forma en que Matt la había mirado cuando le había sugerido visitar la reserva había bastado para sacarla de su error.

Ben era diferente. Quizá, ella también era distinta.

Esa noche, Ben la besó en la puerta del remolque. Sabiendo que su madre estaba al otro lado, escuchando, Josey se sonrojó. Se sentía como una adolescente enamorada.

–Lo he pasado muy bien –dijo ella en un suave susurro–. A mamá le gustas.

–Hmm –murmuró Ben, y la besó de nuevo–. ¿Cuándo puedo volver a verte?

–Tengo que quedarme a recoger unos libros mañana. Pero volveré a la ciudad el martes por la noche.

–Quédate conmigo –rogó él con tono serio y esperanzado.

Ella se derritió al escucharlo.

–Sí.

–¿Y el viernes por la noche? ¿Después del ensayo?

–La escuela empieza dentro de dos semanas –le recordó ella. Tenía una lista interminable de cosas por hacer–. ¿Vendrás a ayudar este fin de semana?

Con una sonrisa radiante, Ben le acarició el labio con el pulgar.

–El sábado, cuando nos levantemos. Tendré

que irme sobre las cuatro para prepararme para el concierto en Sturgis. Pero, al menos, nos dará tiempo a poner las vigas del techo en el taller de la escuela.

Josey estuvo a punto de exhalar, aliviada. Durante demasiado tiempo, había luchado por caminar entre dos mundos. Se había pasado casi toda la vida sintiéndose sola en su lucha, a punto de desagarrarse en dos mitades irreconocibles. Sin embargo, en ese momento, se sentía casi completa.

Ben no podía garantizarle un lugar en la tribu. Estar con él era, sin lugar a dudas, un gran riesgo. Pero el hecho que de estuviera dispuesto a trabajar para ayudarlos merecía la pena.

—Suena como una cita.

Sus manos se entrelazaron, mientras se besaban de nuevo. Lo que los unía no era solo sexual. Era algo mucho más fuerte.

Josey se preguntó si sería suficiente.

Capítulo Once

–¿Cuándo van a traer las nuevas herramientas?

–La entrega del torno electrónico está prevista para dentro de dos meses.

Era el tiempo que Ben necesitaba, aunque no dijo nada. También había logrado esconder el gasto en sus informes financieros. Su padre todavía ignoraba la enorme inversión en material.

El plan tenía que funcionar, pero Ben prefería ser cauto. Hasta que el nuevo material no estuviera allí, donde pudieran protegerlo, todavía muchas oportunidades de que las cosas se torcieran.

–¿Cuándo voy a conocerla? –preguntó Billy.

Ben se apartó un poco de su trabajo y contempló lo mucho que había avanzado con la nueva moto.

–Pronto.

De ninguna manera, Ben podía dejar que Josey fuera al taller de nuevo, después del desastre de la primera vez. Pero podía invitar a Billy a jugar al billar en su casa. Eso sería buena idea.

Perdido en sus pensamientos y concentrado en colocar el tanque de combustible en el chasis, no oyó que la puerta se abría. No oyó nada hasta que alguien le dio una palmada en la espalda.

–¡Ben! ¡Eres mi hombre!

Al instante, Ben reconoció la irritante e inconfundible voz de su hermano Bobby.

–¡Billy! ¿Cómo lo llevas, tío?

Billy ni siquiera emitió un gruñido completo como respuesta. Ben siguió concentrado en su trabajo. En las últimas cinco semanas, había avanzado mucho en la moto. Se quedaba hasta tarde las noches en que Josey no iba a dormir con él, trabajando con Billy. A veces, hablaban. Casi siempre mantenían silencio.

–¿Qué estás haciendo, hermano? –inquirió Bobby.

–¿A ti qué te parece? Es una moto.

Bobby silbó.

–Vaya. ¿Quién es ella?

Billy dio un respingo. Le había hecho la misma pregunta muchas veces a Ben, sin lograr respuesta.

–¿Nadie va a preguntarme cómo estoy? –dijo Bobby.

Ben y Billy cruzaron las miradas. ¿Cuándo dejaría su hermano pequeño de ser tan irritante?

–De acuerdo –dijo Ben–. Robert, ¿cómo estás?

–Estoy de miedo, gracias por preguntar. Solo he venido para hablar con papá –indicó, y señaló a su hermano con el dedo–. Has sido un niño muy malo, Benjamin.

A Ben se le encogió el estómago. Bobby era experto en causar problemas, pero su sonrisa parecía más amenazadora de lo habitual.

–Quítame el dedo de la cara. ¿De qué hablas?

–Tengo grandes noticias de Nueva York.

–Hermano –murmuró Billy. Igual que Ben, adivinaba que lo que iba a contarles Bobby a continuación sería irritante o malo. O ambas cosas.

–Escuchadme –dijo Bobby con tono serio–. He estado trabajando en un trato que va a hacer crecer nuestro negocio en todos los mercados y sé que os va a encantar, chicos.

Ben dejó la llave inglesa. Darle un golpe a su hermano con ella no estaría bien. Aunque no descartaba darle un puñetazo.

–¿Te refieres a chaquetas que nadie se quiere poner y muebles en los que nadie puede sentarse? Todavía estamos pagando esas compras que hiciste.

–¿O hablas de la vez que prometiste a unos magnates informáticos que les haríamos un montón de motos en dos semanas? Me denunciaron a mí por romper el contrato –le recordó Billy, apretando los puños.

–¡Chicos, chicos! Vamos… escuchadme. Esto es distinto por completo. Cambiará las cosas radicalmente –aseguró Bobby. Miró por encima del hombro de Ben hacia atrás, con la clase de sonrisa que no podía significar más que problemas–. Además, papá acaba de firmar los contratos, así que no puedes hacer nada para impedirlo.

–Eres una rata rastrera –rugió Billy, enfurecido.

Por una parte, Ben deseó que Billy tumbara al pequeño zángano de un golpe. Por otra parte, deseó hacerlo él mismo.

–Quietos –gritó su padre, entrando justo en el momento en que Bobby esquivaba un puñetazo de Billy–. ¿Cuándo diablos vais a crecer?

–No me han dejado explicarles el trato que hemos hecho, papá.

–Maldición, niños. Como sigáis así, no me quedará más remedio que daros una azotaina. Así que sentaos y callaos.

Ben y Billy se miraron el uno al otro. Con reticencia, se calmaron un poco.

–Así me gusta. Tengamos una reunión familiar normal –señaló su padre, y sacó un taburete para sentarse–. Bobby ha tenido una idea genial. Va a significar mucho más trabajo… y mucho más dinero. Va a convertir a Crazy Horse Choppers en el número uno de las motos de diseño.

–¿Cuánto? –preguntó Ben. Esa era la única pregunta que le importaba. ¿Cuánto le costaría a la compañía? ¿Serían capaces de recuperarse después de las pérdidas?

–¿En qué nos has metido? –quiso saber Billy, siempre el más práctico.

–Estoy pensando a lo grande, chicos –comenzó a decir Bobby con entusiasmo–. He firmado un trato con una productora de cine para hacer una serie de *webisodios*.

–¿Cómo? –preguntaron Billy y Ben al unísono.

Bobby sonrió con aire de superioridad.

–*Webisodios*, ya sabéis, episodios de un serie para Internet. Este será el primer paso. Hacemos nuestra plataforma *online*, atraemos a un público leal y… ¡boom! Un *reality show*. Esto marcará un antes y un después. A lo grande. Dejaremos de ser una marca pequeña para ganarnos un nombre a nivel internacional.

Ben meneó la cabeza. No podía creer lo que había oído.

–¿Has dicho *reality show*? –inquirió Billy, atónito.

–Tenemos que empezar con los *webisodios* –recalcó Bobby y, ante la mirada perpleja de sus hermanos, añadió–: He tenido una reunión con David Caine, director de FreeFall TV, y le encantó la idea de hacer un programa que pudiera competir con American Chopper. Lo tenemos todo… un padre cascarrabias, un genio creativo, un jefe financiero y yo –señaló, y abrió los brazos con sonrisa triunfal–. El paquete completo. A Caine le encantó la combinación de personalidades que hay en nuestra familia. Dijo que era perfecto para crear un drama explosivo que cautivaría a hombres y mujeres entre dieciocho y cuarenta y cinco años.

–¿Vamos a salir en la televisión? –preguntó Billy. Por primera vez, su voz sonaba asustada.

–Solo en Internet, para empezar. Si logramos audiencia suficiente, Caine nos dará un espacio en su programación. Pensadlo, chicos. ¡FreeFall llega a cien millones de espectadores potenciales! –exclamó Bobby con sonrisa de idiota.

A Ben le estaba costando comprender el trato.

–¿Que has hecho qué? ¿Has vendido a tu familia?

–No exactamente –repuso Bobby con sonrisa de vendedor–. Pagaremos a una compañía de producción audiovisual para que grabe y edite los *we-bisodios* –explicó, satisfecho.

Ben se giró hacia Billy.

–¿Tenías idea de esto? ¿Has dado tu consentimiento para que te graben?

–Claro que no, diablos –negó Billy con indignación–. Yo no lo haré.

–Ni yo –dijo Ben.

¿Qué diría Josey? ¿Qué pensaría de todo eso? Llevaban semanas durmiendo juntos casi todos los días. Cenaban, jugaban al billar, veían películas y tenían la clase de sexo que hacía ir a la guerra a los hombres. La madre de ella lo había aceptado. Toda la tribu parecía aceptarlo… bueno, igual eso era una exageración, pero al menos, no le hacían la vida más difícil. Algo que no podía decir de su propia familia. ¿Qué pasaría si se convirtiera en estrella de un *reality show*? Haría que todo se fuera al diablo.

Y se quedaría solo. Con su familia. De nuevo.

–Nos va a dar mucho dinero –indicó su padre–. Necesitamos atraer más capital y esta es la manera de conseguirlo.

–¿Vender a nuestra familia para un *reality show*? ¿Hablas en serio? ¿Prefieres que nos sigan cámaras noche y día durante meses en vez de dejarme invertir en Bolsa?

Ben estaba empezando a perder los nervios. Sabía que su padre no lo respetaba. Podía vivir con eso… llevaba haciéndolo todo ese tiempo. Pero el viejo había llegado demasiado lejos para demostrar su desprecio por las habilidades financieras de su hijo.

Y a Ben le dolía.

—Confío en Bobby —señaló su padre, dándole una palmada en la espalda a su hijo menor—. Tu madre habría estado orgullosa de ti.

Sin embargo, no confiaba en Ben.

No había tenido ningún sentido pasarse tantos años luchando por ganar la aprobación y el respeto de su padre, caviló Ben. Aunque hubiera logrado cambiar el cielo y la hierba de color, nunca lo habría conseguido.

Todo el mundo se giró hacia él. Se hizo el silencio, igual que la calma precedía a la tormenta. Durante toda la vida, Ben había actuado como mediador en los conflictos familiares. Siempre había mantenido sus malditas promesas.

¿Pero y si no quería seguir haciéndolo?

No quería pasarse el resto de sus días así, atado a una familia que no tenía arreglo. Quería algo distinto. Algo mejor.

Cuando Ben no se apresuró a calmar las aguas y tranquilizar las cosas, Bobby hizo lo que hacía siempre, abrir su bocaza.

—Entonces, estamos de acuerdo. Tendremos que conservar nuestros recursos para poder pagar a la productora, así que he cancelado el pedido de nuevas herramientas que habíais hecho.

Ben se puso de pie de un salto. Billy rugió.

—¿Qué has hecho?

Ben se encontró sujetando a Billy.

Al intentar mantener la promesa que había hecho a su madre, no había hecho más que romper sus propias promesas, sus propios sueños. La verdad era que nunca lograría mantener el juramento que había hecho a su madre. Era posible arreglar esa familia. Y su madre estaba muerta.

También le había hecho promesas a Josey. Le había prometido mucho más que material para la escuela. Y esa era una promesa que no pensaba romper.

—Eso eran mis herramientas —protestó Billy.

No estaba solo en la batalla. Tenía a Billy de su lado, se dijo Ben, momentáneamente aliviado.

Su padre hizo una mueca burlona.

—Yo no aprobé que comprarais nada de eso.

Para no faltarle a su padre al respeto, Ben mantuvo la boca cerrada.

—Además, no necesitamos alta tecnología en el taller —continuó su padre—. Las viejas herramientas siguen sirviendo.

—Las viejas herramientas son… viejas.

Esa era otra cualidad de Billy. No se dejaba aturdir por sentimientos como la decepción o el fracaso. Su cabeza funcionaba mejor cuando estaba furioso. Y no había duda, Billy estaba muy furioso.

—¡No podemos permitirnos esa clase de herramientas! ¡Yo no pienso pagarlas!

—Podríamos pagarlas si dejaras que Ben hiciera su trabajo e invirtiera los fondos de la empresa.

Fue un detalle que Billy saliera en su defensa, pero Ben podía cuidarse solo. Todavía le quedaba una carta en la manga para lograr salir de todo eso sin que se cancelara el pedido. Tenía que mantener la calma.

–Nos van a deducir una importante cantidad de impuestos por donar el viejo equipo. Conseguiremos publicidad positiva... algo que pensé que sabrías valorar –explicó Ben, levantando la barbilla–. Y, si usamos herramientas de alta calidad, la producción irá más deprisa. No podemos perder tiempo recalibrando las herramientas.

–¿Acaso no lo entendéis? –puntualizó Billy.

–Cuidado con cómo me hablas –advirtió el viejo en voz baja y furiosa.

Se avecinaba tormenta.

–¿Cómo te hablo? –replicó Billy, y escupió en el suelo–. Deja que te diga algo: estoy harto de ti, viejo. De los dos –añadió e hizo sonar los nudillos, como su padre hacía. Era una manía que tenían todos los Bolton–. Lo único que haces es gastar dinero y no ganar nada –le espetó a Bobby, y se giró hacia su padre–. ¿Y tú? Solo sabes romper cosas. Insultas a mis hombres. No dejas de gemir como una nenaza sobre cómo eran las cosas en el pasado. Asustas a los clientes. ¿Cuándo vas a darte cuenta de que este ya no es tu negocio? Es mío. Y de Ben. Nosotros somos los únicos que trabajamos aquí. Vosotros estáis aquí gracias a nuestra bondad de corazón.

–¿Vuestra bondad de corazón? –repitió su padre, echando humo–. Yo levanté este negocio de la nada. Somos una familia. Es un negocio familiar

–gritó y clavó los ojos en Ben–. ¿No te gusta cómo trabajo? Pues recoge tus cosas y vete. Y, si ya no eres parte de la empresa, no eres parte de la familia.

Ahí estaba. La hora del ultimátum. Quizá llevaba años fraguándose, pero era doloroso de todos modos. Ben sabía que podía salir adelante sin Crazy Horse Choppers. Tenía ahorros suficientes para retirarse y, si quería trabajar, no tendría problema en encontrar otro empleo. Incluso podía abrir una nueva fábrica con Billy.

Se había pasado demasiados años haciendo todo lo posible por mantener unida a la familia. Si él se iba, estaría dejando atrás mucho más que un empleo. Estaría dejando su vida atrás. Quería pensar que su madre entendería que había hecho todo lo que había podido. Su madre siempre lo había entendido mejor que nadie.

Hasta que Josey había aparecido en su vida.

Podía irse. A veces, un hombre tenía que soltar amarras e irse. Podía contar con Josey. Podían crear una familia, una nueva vida juntos. Ella podía hacerlo feliz, mucho más feliz que su padre.

Josey entendería lo de las herramientas, se dijo él. La familia era la familia. Ella se había esforzado mucho para equipar a su tribu y esa era una de las cosas que más la admiraba. No rompería la promesa que le había hecho solo para tener contentos a Bobby y a su padre. No era la clase de hombre que volvería la espalda a una mujer por una razón tan estúpida.

¿A qué había renunciado ella por él? Ben no

podía olvidar cuando, el primer día que había ido a la reserva, los niños le habían tratado como si fuera invisible. No le había pasado desapercibido cómo la gente había hecho el vacío a la madre de Josey en el *powwow*. Sabía, en el fondo de su corazón, que ella estaba corriendo un riesgo al salir con él.

Para él, lo más importante había sido siempre su familia. Hasta que había conocido a Josey.

No le daría la espalda, ni ignoraría los sacrificios que ella había hecho por él. Sobre todo, no lo haría por la promesa que le había hecho a su madre con dieciséis años, una promesa que no era capaz de cumplir. Su madre no habría querido que perdiera a la única mujer que lo hacía feliz.

No. Josey había puesto su reputación en juego por él. Ben le debía lo mismo. Eso era lo que la gente hacía por un ser amado.

Josey caminaba entre dos mundos… eso le había dicho ella. Ben no había entendido lo que eso significaba, hasta que lo había sentido en su propia piel. Ella podía hablar sobre los mundos del hombre blanco y de los lakota, pero lo mismo le sucedía a él. Debía caminar entre los Bolton y ella.

Así que allí estaba. Buscando un nuevo camino. Había más de una manera de lograr las herramientas, después de todo. Igual necesitaba más tiempo, tendría que sacar mucho del dinero que tenía invertido, pero… Tomando una decisión, levantó las manos.

Sorprendentemente, funcionó. Todo el mundo

dejó de gritar. Los tres se giraron hacia él. A pesar de que siempre lo había tratado como si nunca tuviera la respuesta correcta, en ese momento, todos esperaban que arreglara las cosas. Su padre, incluido.

–Veamos si lo he entendido bien.

Los otros tres Bolton asintieron al unísono, prestándole toda su atención. Al fin, después de todos esos años, iban a escucharlo, se dijo Ben.

–Bobby quiere meternos en un *reality show*. Billy quiere herramientas nuevas y caras. Yo quiero donar las viejas herramientas a una escuela para que nos deduzcan impuestos. Papá, tú no quieres pagar ni un céntimo por nada de eso.

–Por supuesto que no voy a pagar para comprar cosas que no necesitamos –rezongó su padre.

Ben tomó aliento.

–Y, si no estamos en el negocio, no estamos en la familia.

–Correcto –dijo su padre aunque, en esa ocasión, su voz escondía algo de miedo.

«Lo siento, mamá. Lo he intentado, pero no puedo arreglar la familia. Solo puedo arreglar mi propia vida», dijo él para sus adentros.

–Entonces, dimito. Ahora mismo.

–¡No puedes dimitir! –gritaron los tres al mismo tiempo.

–Claro que puedo. He conocido a alguien que me ha hecho ver que la vida es más que mantener a flote el negocio –señaló, mirando a su padre–. Sé quién soy y sé lo que quiero… Y no es esta guerra diaria. Por todos los santos, ¿sabéis lo mucho que me he esforzado en mantener la promesa que le hice a mamá de mantener a la familia unida? ¿Y todo para qué? ¿Para que Bobby nos venda al mejor postor? ¿Para que papá y Billy se maten el uno al otro? No. No puedo hacerlo y no pienso morir intentándolo. Mamá habría querido que encontrara una buena mujer con quien sentar la cabeza, y eso es lo que voy a hacer. Sin vosotros.

Hubo un instante de paz. Ben imaginó que su madre lo estaba mirando desde el cielo, aplaudiéndolo por su decisión.

Sin embargo, el ruido de un portazo rompió el silencio. Cuando miró hacia la entrada, Ben creyó ver la figura de Josey, alejándose a toda prisa.

–¡Josey!

Mientras corría tras ella, Ben estaba seguro de que Billy y su padre, además de insultos, estaban intercambiando puñetazos. A él no y ano le importaba. Solo le importaba Josey. Tenía que alcanzarla.

Pero ella corría demasiado rápido. Cuando Ben salió por la puerta, ya estaba en su coche. De refilón, le vio la cara y vio cómo el cuerpo se le sacudía con sollozos. Sus ojos se encontraron a través de la ventanilla.

–Espera –pidió él.

Quizá, Josey lo oyó. Quizá, no. En todo caso, no estaba de humor para esperar, porque echó marcha atrás y, haciendo chirriar las ruedas, salió disparada delante de una nube de humo.

¿Qué diablos había pasado? Ben se quedó paralizado y aturdido, intentando pensar cuánto habría ella escuchado y dónde había metido la pata. El pedido de material había sido cancelado. Había hablado del *reality show*. Él había dimitido y la había elegido a ella por encima de su familia. ¿Qué la había hecho salir corriendo? Tenía que encontrarla. No estaba dispuesto a verla marchar.

Estaba tan concentrado no oyó acercarse a Bobby. Su hermano lo agarró del brazo.

–Ben… ¿qué diablos? ¿Vas a decirme que…?

Ben lo abofeteó con todas sus fuerzas. Posiblemente se rompió la mano al hacerlo, pero mereció la pena. Con un golpe seco, Bobby cayó como un saco de patatas podridas.

–Traidor –le acusó Ben–. No te pareces en nada a nuestra madre.

Acto seguido, se subió a su moto y salió a toda velocidad de allí.

Josey oyó el ruido de una moto acercándose. Lo ignoró y se concentró en el paisaje.

–¿Josey?

La llamada distante sonó acompañada de algo moviéndose entre los arbustos.

–¿Estás ahí?

Allí era donde su abuela siempre iba cuando había pasado demasiado tiempo en el mundo de los blancos. Era el lugar donde hacía las paces con los espíritus. Aunque, en ese momento, los espíritus no parecían interesados en llevarse bien con ella.

Ben había renunciado a su familia por ella. Estaba dispuesto a renunciar a su herencia, a su vida… a todo por lo que había luchado y todo lo que había construido… por ella.

Le había dicho a su familia que quería sentar la cabeza con ella. Sin embargo, en vez de sentirse honrada, entusiasmada y feliz, solo sentía miedo. Él iba a renunciar a todo por ella.

Y ella no podía corresponderle.

Lo amaba, de eso no tenía duda. Por primera vez en su vida, un hombre la hacía feliz. Cuando estaban juntos, casi sentía que el resto del mundo no tenía importancia.

Casi.

No podía ocultarse en casa de Ben durante el resto de su vida, se dijo Josey. No podía ocultarse tras él, se casaran o no. No podía renunciar a su lugar en la tribu, ni siquiera por el hombre al que amaba. Había luchado demasiado para ganarse el respeto de su gente. Y, a diferencia de él, no era capaz de romper los vínculos de sangre. Había intentando vivir en el mundo de los blancos en una ocasión y había fracasado estrepitosamente. No podía darle la espalda a la tribu por segunda vez.

Aun así, tenía la sensación de que, incluso cuando su relación con Ben Bolton hubiera terminado, la gente seguiría mirándola con desconfianza. Era la misma mestiza de siempre. No encajaba en el mundo de los hombres blancos. Y, a pesar de sus esfuerzos de los últimos años, no había lugar para ella en el mundo lakota, tampoco.

Sabía muy bien que su pueblo se tomaría como una traición el que Ben ya no fuera el salvador de su escuela. Y ella tenía la culpa. No solo no había logrado caminar entre dos mundos, sino que no había conseguido encajar en ninguno.

Había creído que, si iba al lugar preferido de su abuela, se encontraría a sí misma. Siempre le había pasado antes.

Pero, en esa ocasión, no.

Los espíritus no estaban interesados en ella. Y era culpa suya. Era ella quien había olvidado quién era.

–¿Josey?

Se estaba acercando. Maldición, ese hombre era increíble. Solo había ido una vez y recordaba cómo llegar. Debería haber seguido conduciendo al este hasta quedarse sin gasolina, se dijo a sí misma. Así, Ben no habría podido encontrarla. Nadie la hubiera encontrado, ni siquiera los fantasmas.

Ben estaba jadeando. Debía de haber subido corriendo. Para no mirarlo, cerró los ojos y escondió la cabeza entre las rodillas.

–Josey, deja que te lo explique.

Ella no quería escuchar sus explicaciones. Le dolía tener que escucharlo. ¿Cómo había sido tan estúpida para creer que bastaría con enamorarse de él? No se había podido conformar con eso.

Ben debería haber comprendido que no tenía sentido enamorarse de una mujer que no existía.

–Sé que te prometí esas herramientas y siento que el pedido fuera cancelado –comenzó a decir él a toda prisa–. Sabes que nunca romperé la promesa que te hice, Josey. No puedo conseguir el material ahora mismo. Pero encontraré la manera…

A Josey no le importaban las herramientas. Había conseguido su principal objetivo y la escuela tenía material de sobra. Don podía dar clases prácticas en el taller. Los chicos podían aprender un oficio y ganarse la vida. Debería sentirse satisfecha. Pero nada era como debería.

La escuela estaba lista. Pero ella no había encontrado su lugar. Una terrible decepción le hacía sentir vacía y desesperada.

Lo escuchó moverse y oyó su voz delante de ella.

–Me he roto la mano por abofetear a Bobby por cancelar el pedido. Y volvería a hacerlo, sin pensarlo.

Josey abrió los ojos y vio la mano roja e hinchada de Ben ante su cara. Tenía un aspecto horrible.

–Josey, escúchame, por favor. Quiero arreglar las cosas. Yo… yo no puedo mantener unida a mi familia –reconoció él con tristeza–. Pero prefiero perderlos a ellos que perderte a ti –aseguró–. He dimitido. Buscaré un nuevo trabajo, en un sitio normal, donde mi familia no me haga sentir mal. Haré algunas inversiones y conseguiré dinero para el taller de la escuela. Haré lo que sea para que… –dijo, posando las manos en las rodillas de ella–. Mírame, por favor.

Ella nunca había oído a ningún hombre hablar con un tono tan serio, tan conmovido, tan decidido. Algo dentro de ella quiso acariciarlo, decirle que no se preocupara, consolarlo. Pero no iba a hacerlo.

Ben podía apartarse de su familia por ella. Él sabía quién era. No necesitaba que lo aceptara un clan ni un grupo de gente.

Pero ella, sí.

—No me hagas esto, Josey. No soy ningún extraño. Soy yo, Ben —rogó él—. Te quiero y no vas a tirar eso por la borda por culpa de mi maldita familia.

No. Ella no podía estar con Ben porque no podía renunciar a su familia por él.

Entonces, por primera vez, Josey pensó que, tal vez, su lugar tampoco estaba en la reserva.

Quizá, el problema no era él. Ni la tribu. Igual el problema estaba en ella. De pronto, Josey se dio cuenta de que esa era la verdad.

¿Cómo no lo había entendido antes? Se había engañado pensando que podía definirse a sí misma por su relación con Ben o con la tribu. No era de extrañar que no supiera quién era. Había estado demasiado ocupada en serlo todo para los demás.

Ben se acercó. Ella cerró los ojos. Sabía que, si miraba sus ojos azules, su resolución se vendría abajo. Y debía mantenerse firme.

Sintió el suave contacto de sus labios en la frente.

—Sé adónde perteneces, Josey. Sé quién eres. Te esperaré hasta que lo recuerdes —susurró él.

Pronto, el sonido de su moto llenó el aire. Hasta que se perdió en la distancia.

¿Hasta que recordara quién era?

¿Quién pensaba él que era ella?

Capítulo Doce

–¿De verdad te vas?

Jenny estaba parada ante la puerta del remolque de la madre de Josey, bloqueando el camino.

–Por décima vez, sí. Toma –dijo Josey, tendiéndole una caja llena de zapatos–. Llévame esto.

–¿Tienes que irte mañana? –preguntó Jenny. Sonaba más como una niña llorona que como una adulta. Y seguía impidiendo el paso.

–Por décima vez, sí. Empiezo en mi nuevo trabajo el lunes –contestó Josey, mientras recogía las cosas que le quedaban. Dos cajas más y, luego, las maletas de ropa.

Jenny la miró con intensidad.

–No entiendo por qué te has buscado un trabajo en Texas. No entiendo por qué te vas. Cuando Ricky me dejó, cuando estaba embarazada, por si no lo recuerdas, yo no escondí la cabeza ni salí corriendo.

–No me estoy escondiendo, ni salgo corriendo.

–Quién se va a tragar eso. De acuerdo, ese Ben ha resultado ser un idiota. ¿Qué hombre no lo es? –dijo Jenny, como si fuera un hecho–. No es como si trabajaras para él ni nada de eso. Nunca volverá a presentarse en la reserva... no, si sabe lo que le conviene. Nunca volverás a verlo. No tienes por qué irte.

Josey se encogió de tristeza. Había tenido la misma conversación con su madre la noche anterior.

Pero ella no estaba abandonando a Jenny ni a su madre. En todo caso, ellas serían sus dos únicas razones para quedarse. Aunque ninguna de ellas podía comprender que se había convertido en una paria después de haber terminado con Ben. Ni siquiera la gente que se consideraba su amiga, como Don, la miraba a la cara.

No podía quedarse allí y ser una extraña intentando encajar en la tribu. Tampoco podía dejar que Ben definiera quién era ella.

—Os gustará Texas. Hay muchos vaqueros. Puedes traer a Seth en las vacaciones de verano.

—¿Por qué a Texas? ¿Por qué quieres irte lejos?

—Porque es allí donde está el trabajo. Dallas es una ciudad bonita.

Texas era un lugar que no guardaba recuerdos para ella. Había barajado ir a Nueva York, pero no quería enfrentarse al fantasma de sus abuelos detrás de cada esquina. Quería empezar de nuevo, en un lugar donde nadie hubiera oído hablar de Ben Bolton o de Josey Pluma Blanca.

Tenía que olvidarse de él, aunque fuera solo durante un tiempo, hasta que pudiera descubrir quién era. Texas era un buen lugar para empezar de cero. La gente no la miraría con extrañeza. Podían pensar que era de raza hispana, pero eso no la haría sentirse excluida.

173

Aunque Jenny no entendía eso. Su mueca de desaprobación lo dejaba bien claro.

Josey intentó aplacarla.

–Eh... es un hospital infantil. Seguiré ayudando a otros niños. Pensé que eso te gustaría.

–Pero no serán nuestros niños –le espetó Jenny–. Ni nosotros –añadió, salió como un tornado y tiró la caja que llevaba en la mano junto al coche de su prima.

Josey no quería irse con Jenny enfadada... pero tampoco imaginaba qué podía hacer para que Jenny estuviera contenta de verla marchar. Era una sensación agradable. Al menos, alguien la echaría de menos.

¿Y qué diría Ben? Josey intentó no pensar en él, pero le resultaba muy difícil. Se había pasado demasiadas noches preguntándose si iría a buscarla. Sin embargo, llevaba cuatro semanas sin saber nada de ninguno de los Bolton.

Era mejor así. Ella no pertenecía a su mundo, por eso era mejor ir a otro lugar lejos de allí y forjarse una nueva identidad.

Había encontrado un empleo y había alquilado un apartamento. Se iba y punto. Era mejor cortar por lo sano.

Eso era lo que Josey se repetía a sí misma una y otra vez. Le gustaba fingir que el plan funcionaba. Al día siguiente por la mañana, le resultaría todo más sencillo. Necesitaba poner distancia de por medio, alejarse físicamente todo lo posible de Ben, para poder pensar con claridad.

Jenny estaba apoyada en su coche, mirándola.

–Vendrás a la escuela antes de irte mañana, ¿verdad? Dirás adiós a los chicos, ¿no es así?

–Sí. Alrededor de las nueve.

Josey sabía que no podía irse sin despedirse. Tenía que ser una despedida rápida, antes de que sus emociones la delataran. Después de eso, podría pasarse las trece horas de camino en el coche pensando cómo encajaría en su nueva vida.

Jenny se frotó los ojos.

–¿Hay algo que pueda hacer para que cambies de opinión?

Josey se acercó a su prima y le dio un gran abrazo.

–Vendré a visitaros, ¿de acuerdo? Vendré el día de la graduación y todo eso.

Lloriqueando, Jenny la empujó y se metió en el remolque, de donde sacó otra caja.

–Sí, pero no será lo mismo.

Eso esperaba Josey.

A la mañana siguiente, Josey hizo un repaso final de su apartamento. Vacío, el pequeño espacio parecía más grande de lo que lo recordaba. Estaba rompiendo su contrato de alquiler, pero su nuevo trabajo en Dallas le permitiría pagarle al casero la multa por irse antes de la cuenta. Agarró una caja de libros y se dirigió abajo.

Toda su vida estaba empaquetada en el maletero de su coche. La mayoría de sus cosas habían encontrado nuevos dueños en la reserva. Ni siquiera se llevaba la cafetera. Solo sus ropas, su ordenador y unas pocas cosas que le habían dejado sus abuelos.

Colocó bien las cajas, para asegurarse de que no se movieran durante el viaje. Todo estaba en orden. Era hora de hacer su viaje de despedida a la reserva. Luego, tomaría el camino hacia una nueva vida. Y hacia una nueva Josey, fuera quien fuera.

El trayecto se le hizo más largo de lo habitual, como si su coche quisiera mantenerla allí todo lo posible. Se fijó en los prados mecidos por la brisa, en las viejas señales de la carretera que indicaban hacia Pine Ridge, en los ciervos que se intuían en la distancia. Le había prometido a Jenny que volvería a visitarlo, pero no estaba segura de ser capaz de despedirse de aquel lugar una y otra vez.

Debería haberse ido el día anterior, pensó, mientras se mordía el labio para no llorar. No debería haber aceptado despedirse y darle a cada uno de los niños un abrazo y los libros que había escogido para ellos. Iba a dejarlos atrás. Eso era lo que iba a hacer.

Cielos, no sabía si iba a ser capaz. ¿De veras tenía que aceptar que nunca más vería a Livvy o a Seth o a Jared? ¿De verdad iba a perderse la infancia de la pequeña Kaylie?

Josey tuvo que parar antes de la última curva y respirar hondo varias veces para calmarse. Quizá, se sentiría de forma distinta dentro de unos meses. Tal vez, la nueva mujer en que se iba a convertir sería capaz de regresar a la reserva de vez en cuando sin sentirse como si estuviera de luto. Igual podría volver cuando los niños del último curso se graduaran dentro de seis meses. Eso podía hacerlo, ¿o no?

Una vez que se hubo calmado, Josey reemprendió la marcha. Cuando antes terminara con eso, mucho mejor...

De pronto, ante ella, vio una enorme furgoneta gris con un remolque parado delante de la escuela.

Ben estaba allí. Había ido a buscarla.

Pero eso no era todo. En la puerta del colegio había colgada una sábana pintada con las palabras: «Queremos a Josey» y decorada con las huellas de las manos de todos los niños. Todos los chicos estaban parados delante de la escuela. Oh, no, Livvy tenía un ramo de flores.

Un tornado de emociones se apoderó de ella al instante. No sabía si llorar o si vomitar. No estaba preparada para eso.

No estaba preparada para encontrarse con Ben. ¿Cómo era posible que ese hombre la sorprendiera siempre?

Como no tenía plan B, Josey tomó la decisión de aferrarse al plan original. Pasara lo que pasara, ella tenía un trabajo en Dallas y se iba. Ese mismo día. Si él la quería, debería haber movido el culo para ir a buscarla cualquier día de las cuatro semanas anteriores. No había más que hablar. ¿Y los niños? Eran demasiado jóvenes como para entender lo difícil que era para ella.

Aparcó a cierta distancia de la furgoneta gris.

¿Por qué llevaba el remolque?, se preguntó. ¿Habría llevado más material a la escuela? Le había dicho que buscaría la manera de adquirir nuevas herramientas. Esa había sido una de las últimas cosas que Ben le había prometido.

Bueno, si así era, si había conseguido más materiales, mejor para la escuela, se dijo a sí misma, luchando para que su determinación no flaqueara. Era una suerte para los niños. Pero ya no era asunto suyo.

Josey salió del coche. No podía irse sin despedirse de los niños. Ese era el plan y eso era lo que iba a hacer. Al diablo con Bolton, con el cartel de despedida y con las flores.

−¡Te queremos, Josey! −gritaron todos los niños al unísono, mientras Livvy corría hacia ella para darle las flores.

−No queremos que te vayas −dijo Livvy con lágrimas rodándole por las mejillas.

Josey abrazó a la niña con fuerza.

−Oh, tesoro −murmuró ella, sintiendo que le flaqueaban las piernas.

Josey había creído que nadie, aparte de su madre y de Jenny, quería que se quedara en la reserva. ¿Acaso lo había entendido todo mal? Igual lo que pensaran los adultos no importaba. Ella había cambiado las cosas para mejor para esos niños y la querían por eso. Ser demasiado blanca o no lo bastante lakota no era un problema para ellos.

Parpadeando, levantó la vista y vio a Ben Bolton parado en la puerta. Oh, estaba muy guapo.

Llevaba vaqueros oscuros, una camisa remangada hasta los codos y botas negras. Solo de verlo, toda su determinación amenazó con hacerse pedazos.

Cuando Ben la vio, le dijo algo a alguien a su lado y, acto seguido, comenzó a caminar hacia ella con grandes zancadas.

Detrás de él, Josey vio a Jenny y a su madre, que daban instrucciones a los niños para que entraran en la escuela. Jenny llamó a Livvy pero, antes de entrar, la pequeña se giró hacia Josey con una sonrisa.

—Ha vuelto. Creo que él siempre va a volver —dijo la niña, y se metió corriendo en la escuela.

Ben se detuvo a pocos centímetros de ella. Sus ojos estaban más azules que nunca. Tanto, que Josey se preguntó si estaría delante de un espejismo.

—Estás aquí —dijo él, y levantó la mano como si fuera a tocarle la cara, aunque se detuvo a medio camino. Llevaba la mano vendada.

Ella tragó saliva.

—Me voy.

—Eso he oído. A Dallas —comentó él, mirándola con intensidad—. Tu madre me ha dicho que empiezas a trabajar el lunes.

—Sí —contestó ella. Quería decirle que estaba muy guapo, que se alegraba de verlo, pero que todavía no sabía quién era ella misma y que podía dejar de esperarla. Pero eso no era parte del plan, así que decidió hablar lo menos posible.

—Te he echado de menos.

Josey no supo qué responder a eso. Era la clase

de cosa fácil de decir, pero difícil de demostrar. Si de verdad la hubiera echado de menos, habría ido a buscarla antes, ¿o no?

Se miraron en silencio durante un instante interminable, hasta que alguien se aclaró la garganta detrás de Ben. Él se giró y allí estaba... su hermano Bobby. Y detrás, Billy. Al parecer, faltaba solo su padre. Tres Bolton ya eran más que suficiente, se dijo ella, atónita.

–Señorita Pluma Blanca, hola. ¿Me recuerda? Soy Bobby Bolton –dijo Bobby, que hablaba como si tuviera la mandíbula rota.

–Hola.

Bobby estiró las manos en gesto de rendición.

–Solo quería disculparme por... el lío –balbució él, y tragó saliva.

–Continúa –ordenó Ben, con la vista baja. Parecía un padre esperando que se disculpara un niño travieso.

–No era mi intención que se cancelara el pedido de Ben. No era consciente de la situación y me porté como un imbécil. No volverá a pasar –prometió Bobby y, lanzándole una mirada a su hermano Ben, le preguntó–: ¿Qué tal?

Ben asintió y se volvió hacia Josey.

–De acuerdo. Acepto las disculpas. Gracias.

Bobby sonrió como si estuviera aliviado.

Entonces, intervino Billy. Había reducido su barba a una perilla y tenía una fea cicatriz en la mejilla. Josey tuvo la sensación de que la cicatriz era nueva.

–También lo sentimos por nuestro padre. A veces, se porta como un gran...

Ben se aclaró la garganta como gesto de advertencia.

– ... idiota. Puede parecer un idiota, pero tiene un gran corazón. Casi todo el tiempo –continuó Billy.

–Yo... lo entiendo –dijo Josey, aunque no era cierto. En cualquier caso, tenía la sensación de que todo el mundo se sentiría mejor si terminaban con aquellas disculpas encadenadas de una vez.

Durante un segundo que parecía que no iba a terminar nunca, se quedaron todos callados, con las cabezas gachas.

–Eso es –dijo Billy al fin y se dirigió con Bobby al remolque.

–¿Qué es todo esto? –le susurró Josey a Ben.

Un golpe metálico retumbó en el suelo, sobresaltándolos. Josey se volvió y vio a los Bolton abriendo el remolque. Su intuición le dijo que no iban a descargar herramientas para el taller.

Entonces, Ben esbozó una sonrisa y, al verlo, Josey no pudo evitar derretirse.

–Quería venir y decirte en persona que las herramientas están pedidas –informó Ben con una sonrisa aún mayor–. Dentro de seis meses, podremos donar nuestros antiguos materiales al colegio.

Josey lo miró perpleja.

–¿Cómo?

–Cuando las cosas se calmaron en la familia, tuvimos la oportunidad de hablar. Bueno, yo tuve oportunidad de hablar mientras a Bobby le cosían la mandíbula y a Billy y a mi padre les ponían puntos, y a mí me escayolaban la mano. Bobby tiene un contrato con una productora y Billy y yo le convencimos de que donar material a la escuela es bueno para el negocio. Donaremos las herramientas, construiremos la moto en la escuela y lo grabaremos todo para un documental. Será buena publicidad para la empresa y para el colegio.

Josey se quedó boquiabierta.

–Y mi padre no puede luchar contra sus tres hijos. No, cuando estamos unidos los tres –explicó él, inclinándose hacia delante–. Lo que es bueno para el negocio es bueno para la familia.

¿Ben había pensado todo eso hacía un mes y no se lo había dicho hasta ese momento?, se preguntó Josey.

–Pero... tú... Yo me voy. Ahora. Hoy.

Ben se acercó un poco más.

–Mi padre se ha disculpado conmigo. Me habría gustado que lo hubieras visto –le confió él, sonriente–. Nunca pensé que llegaría el día en que le escucharía decir que estaba orgulloso de mí, pero ha sucedido.

En parte, Josey se alegraba, pues sabía lo mucho que significaba para él.

¿Pero en lo que a ella se refería?

–Ha pasado un mes.

Estaba furiosa. De forma inesperada, sintió deseos de darle una bofetada. Ben había hecho todo aquello, lo de las herramientas, lo del documental... ¿y no se había molestado en llamarla por teléfono?

No, no iba a dejarse engatusar solo porque él le dedicara su mejor sonrisa. Estaba más que enfadada con él.

–No estabas en tu apartamento cuando fui a verte y no pensé que fuera buena idea venir a la reserva sin avisar.

Había ido a buscarla. La había esperado. Josey sacudió la cabeza. Aun así, ella seguía con su plan. Se iba.

–Podías haber llamado.

–Quería hablar contigo en persona. Quería que volvieras a mirarme a los ojos.

Josey percibió la sinceridad de sus palabras. Ben no habría podido hacerle cambiar de opinión por teléfono. Sin embargo, al enfrentarse a sus ojos azules, toda su decisión se tambaleaba.

–Y, después de unas semanas de echarte de menos, decidí terminar lo que estaba haciendo.

–¿Terminar qué? –preguntó ella con voz débil. Ni siquiera recordaba ya cuál era el plan al que debía aferrarse.

–Quería darte algo –contestó él, posó la mano en sus hombros y la hizo girarse antes de que ella pudiera decir nada.

Sin soltarla, Ben la abrazó por detrás. El contacto inesperado de su pecho en la espalda hizo que Josey se estremeciera. Su olor la envolvió. La había esperado. Había ido a buscarla. Y le había llevado...

Boby estaba quitándole el polvo al sillín de una moto, mientras Billy se agachaba para sacarle brillo al tubo de escape. La moto tenía el mismo diseño limpio y sencillo que la de Ben, pero era más pequeña y el cuerpo era de un bonito color rojo.

—¿Una moto?

—Tu moto.

—¿Mía?

Él la abrazó de la cintura.

—Sí. Quería darte algo para que me recordaras. Porque yo nunca te olvidaré. Nunca olvidaré quién eres.

—¿Quién soy? —preguntó ella. Necesitaba saber qué pensaba. No podía irse sin saber quién era para él.

Ben tomó aliento, despacio.

—Eres una mujer complicada, inteligente y hermosa. Cuidas tu pasado, mientras trabajas por un futuro mejor. Caminas entre dos mundos y los amas a los dos. Esperas que yo sea un hombre mejor y me haces serlo solo por eso.

Ella abrió la boca para decir algo, pero no fue capaz de emitir sonido.

Un suave murmullo de satisfacción resonó en el pecho de Ben.

—No puedo obligarte a que te quedes, Josey, pero no dejaré de intentar estar contigo. Iré a visitarte a Texas o a Nueva York o adonde sea. No me importa dónde estés, ni lo que hagas, siempre te querré. Aunque te vayas, no dejaré de quererte.

Ben la amaba. Quería a su parte blanca y a su

parte lakota, incluso comprendía la forma desastrosa en que ambas partes se unían en ella. Era un hecho sencillo que el tiempo y la distancia no cambiarían. Él sabía quién era y la amaba de todos modos.

Ese hombre siempre la sorprendería, pero qué importaba, se dijo Josey. No tener el control de la situación también tenía sus ventajas.

Se giró y lo besó. Oh, cuánto había echado de menos sus labios, estar entre sus brazos. Pero su conexión era más que física, más que sexual. Lo había echado de menos a él. ¿Cómo había creído que iba a vivir sin él?

Ben la levantó en sus brazos y comenzó a reír de felicidad.

–Quédate –pidió él, apoyando su frente en la de ella.

–He roto mi contrato de alquiler. No tengo dónde vivir.

–Vive conmigo. Quédate conmigo –rogó él, y la besó de nuevo. En esa ocasión, fue un beso más apasionado–. Te necesito, Josey. Cásate conmigo.

–Yo también te necesito –reconoció ella. No podía seguir fingiendo lo contrario. Si Ben estaba a su lado, sería más fácil caminar entre dos mundos... Sonrió. El viaje era siempre más fácil con un buen compañero.

Risas sofocadas salían de la escuela. Josey se apartó de sus labios lo bastante para ver que, aunque nadie había oído su conversación, treinta caras estaban pegadas a las ventanas. Se sonrojó.

–Tenemos público.

–Sí –dijo Billy a pocos metros–. Los dos parecéis a gusto juntos, así que Bobby y yo ya nos vamos.

Cielos, Josey se había olvidado de los otros Bolton también. Todo el mundo los había visto besándose. Era raro, pero ya no le preocupaba como en el pasado. De hecho, le parecía correcto.

–Un placer, señorita Pluma Blanca. Nos vemos luego, Ben –se despidió Bobby, mientras Billy cerraba la puerta del remolque. Los dos se subieron a la furgoneta y se fueron.

Los niños habían empezado a dar golpes en las ventanas y Jenny asomaba la cara por la puerta.

–Tenemos que irnos de aquí –propuso Ben. Le dio la mano y la llevó al coche.

Pero no había sitio para los dos allí dentro. Josey tiró de él hacia la moto. Su madre podía ocuparse de guardar su coche hasta el día siguiente, pensó. Volvería a buscarlo con Ben por la mañana.

Ben la atrajo contra su pecho y la besó de nuevo.

–Vamos a casa, Josey. A nuestro hogar.

No te pierdas *Una noche para amar,*
de Sarah M. Anderson,
el próximo libro de la serie
Los hermanos Bolton
Aquí tienes un adelanto...

En medio de la discusión, la misma que tenía con su hijo adolescente cada mañana, Jenny deseó, por una vez en la vida, tener a alguien que se ocupara de ella. Ansiaba que la mimaran. Aunque solo fuera un momento, se dijo a sí misma con un suspiro. Quería saber lo que se sentía al tener el mundo a sus pies, en vez de soportar que todos la pisotearan.

–¿Por qué no puedo ir con Tige después del colegio? –protestó su hijo de catorce años, Seth, desde el asiento del copiloto–. Tiene una moto nueva y me dijo que me dejaría montar. Es mejor que perder el tiempo esperando a que termines en tu estúpida reunión.

–Nada de motos –repuso Jenny, en el tono que empleaba con sus alumnos de primaria cuando se le estaba empezando a agotar la paciencia. Con suerte, conseguiría llegar al colegio antes de perder los nervios. Solo quedaban unos pocos kilómetros, pensó, pisando el acelerador.

–¿Por qué no? Josey va en su moto a todas partes y no lo haría si fuera peligroso.

–Josey es una mujer adulta –contestó Jenny, apretando los dientes. Cuando Seth tenía ocho años, siempre había sabido cuándo había sido momento de dejar de insistir. Con catorce, no parecía conocer límites–. El marido de Josey la enseñó a montar, nunca ha tenido un accidente y sabes de sobra que no se ha subido a la moto desde que se quedó embarazada. Además, te recuerdo que Tige tiene diecisiete años y conduce demasiado rápido, no lleva casco y se ha estrellado ya dos veces. Nada de motos.

—Ay, mamá. No estás siendo justa.

—La vida no es justa. Acostúmbrate.

Seth dio un respingo.

—Si mi padre estuviera aquí, me dejaría montar.

Antes de que Jenny pudiera pensar en una respuesta coherente a la acusación favorita de Seth para hacerle sentir culpable, llegaron a la escuela de Pine Ridge, donde trabajaba como maestra. Había furgonetas y coches aparcados por todas partes. Y la zona estaba iluminada con unos focos impresionantes.

Maldición, se dijo Jenny. La discusión con Seth la había distraído tanto que había olvidado que ese era el primer día de grabación en su centro.

La escuela de Pine Ridge era el único lugar donde se podía asistir a primaria y secundaria dentro de un radio de dos horas en coche. Había sido fundada y construida por su prima Josey Pluma Blanca y su tía, Sandra Pluma Blanca. La habían terminado a tiempo para el primer día de clase el curso pasado, sobre todo, gracias a las donaciones de Crazy Horse Choppers, una empresa dirigida por Ben Bolton y sus hermanos, Billy y Bobby.

FLYNN

Chantaje amoroso

MAXINE SULLIVAN

¿Qué mejor manera de vengar-
se de una traición que seducir a
la mujer del traidor? El rico y poderoso Flynn Donovan había
ideado el plan perfecto para conseguirlo. Sabiendo que Danielle
Ford no tendría manera de sal-
dar la deuda de su difunto espo-
so, Flynn le exigió el pago del
préstamo y la chantajeó para que
se convirtiera en su amante.
Pero entonces descubrió que
Danielle estaba embarazada de
su enemigo.

La venganza es tan dulce...

Acepte 2 de nuestras mejores novelas de amor GRATIS

¡Y reciba un regalo sorpresa!

Oferta especial de tiempo limitado

Rellene el cupón y envíelo a
Harlequin Reader Service®
3010 Walden Ave.
P.O. Box 1867
Buffalo, N.Y. 14240-1867

¡Sí! Por favor, envíenme 2 novelas de amor de Harlequin (1 Bianca® y 1 Deseo®) gratis, más el regalo sorpresa. Luego remítanme 4 novelas nuevas todos los meses, las cuales recibiré mucho antes de que aparezcan en librerías, y factúrenme al bajo precio de $3,24 cada una, más $0,25 por envío e impuesto de ventas, si corresponde*. Este es el precio total, y es un ahorro de casi el 20% sobre el precio de portada. !Una oferta excelente! Entiendo que el hecho de aceptar estos libros y el regalo no me obliga en forma alguna a la compra de libros adicionales. Y también que puedo devolver cualquier envío y cancelar en cualquier momento. Aún si decido no comprar ningún otro libro de Harlequin, los 2 libros gratis y el regalo sorpresa son míos para siempre.

416 LBN DU7N

Nombre y apellido   (Por favor, letra de molde)

Dirección   Apartamento No.

Ciudad   Estado   Zona postal

Esta oferta se limita a un pedido por hogar y no está disponible para los subscriptores actuales de Deseo® y Bianca®.
*Los términos y precios quedan sujetos a cambios sin aviso previo.
Impuestos de ventas aplican en N.Y.

SPN-03   ©2003 Harlequin Enterprises Limited

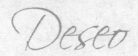

Rompiendo todas las normas
Brenda Jackson

La primera norma de Bailey Westmoreland era no enamorarse nunca de un hombre que te llevara lejos de tu hogar. Entonces… ¿por qué se fue a Alaska detrás de Walker Rafferty? Bailey le debía una disculpa al atractivo y solitario ranchero y, una vez en Alaska, su deber era quedarse y cuidarle hasta que se recuperara de sus heridas.

Pero no pasó mucho tiempo hasta que Bailey comprendió que su hogar estaba donde estuviera Walker, siempre que él estuviera dispuesto a recibir todo lo que tenía que ofrecerle.

¿Sería capaz de romper sus propias normas?

¡YA EN TU PUNTO DE VENTA!

Bianca

Podría expiar los pecados de su hermana convirtiéndose en su esposa

El único lazo de Jemima Barber con su difunta hermana melliza, una astuta y artera seductora, era su sobrino. Cuando el padre del niño irrumpió en sus vidas para reclamar al hijo que le había sido robado, Jemima dejó que el formidable siciliano creyese que era su hermana para no separarse del bebé.

Aunque la madre de su hijo era más dulce de lo que Luciano Vitale había esperado, estaba decidido a hacerle pagar su traición de la forma más placentera posible. Pero cuando descubrió que era virgen su secreto quedó al descubierto.

HIJO ROBADO
LYNNE GRAHAM